INTRODUZIONE ALLA FISICA SPERIMENTALE

DISCORSO INTORNO AD ARCHIMEDE

Domenico Scinà

L'oggetto della Fisica sperimentale è quello di conoscere i corpi e le loro proprietà, stabilire le leggi della natura, comprendere quanto più si può il disegno dell'universo, e rivolgere a pubblico comodo e a comune utilità le cose create. Per fornir degnamente un oggetto così nobile ed importante, comincia questa scienza e fondasi innanzi d'ogni altro sulle osservazioni. Imperocché non si può in altro modo giungere alla vera e chiara cognizione de' corpi, che attentamente riguardandoli; spiegar non si possono direttamente i fenomeni senza lo studio dei fenomeni medesimi; e notando con diligenza gli andamenti della natura, possiamo raccogliere le consuetudini, o, come diconsi, le leggi, secondo le quali costantemente essa opera. Ma siccome non di rado avviene che, a cagione della nostra debolezza, dubbj, oscuri e intrigati ci compariscono i fenomeni; così non potendosi la nostra mente confare alla grandezza della natura, è necessario che coll'arte si accomodi la natura alla nostra picciolezza, e si chiami lo esperimento in aiuto della osservazione. Sciogliamo, a ciò fare, i corpi, o a nostro senno li combiniamo, imitiamo o pure alteriamo le produzioni naturali; e con questi ed altri simili ingegni spesso si riesce di conoscere meglio il tutto dalla inspezione delle singole parti, o di estimare la grandezza delle forze dai nostri piccoli saggi, e costringere, dirò così, la natura a rivelarci i suoi arcani. Per lo che l'osservazione e l'esperimento sono le basi della fisica, e gli strumenti e le macchine vagliono a confortare i nostri sensi e 'l nostro intendimento nell'osservare e nello sperimentare. Tutto ciò poi che attesta l'osservazione e l'esperimento chiamasi fatto, e sopra questi fatti poggia il ragionamento e ogni altra fisica speculazione.

Il metodo con che si procede nell'investigazione delle cause fisiche, è semplicissimo, e non senza gran senno in altro non consiste che nell'arte di ridurre i fatti. Sono prima d'ogni altra cosa da comparassi i varj e slegati fenomeni già posti e raccolti dall'osservazione e dall'esperienza, così ad uno ad uno, come tutti insieme, per vedere in che si convengano, o per avventura si differiscano. Gli strumenti, di cui grandemente si giova il nostro spirito nel dirizzare una sì fatta comparazione, sono la geometria ed il calcolo, come quelli che la scala ci danno, che all'uopo e con destrezza maneggiata, misura, quanto più squisitamente si può, la relazione delle cose, e il grado di loro scambievole dipendenza. Di poi è da trovarsi il legame che unisce i fatti già esaminati, e tra la folla di questi è da cogliersi un fatto e un fenomeno principale da cui tutti gli altri naturalmente dipendono, e intorno a cui come ad un comune centro si vanno tutti gli altri spontaneamente collocando. Questo fenomeno, cui gli altri riduconsi, si chiama causa fisica, o legge di natura; i fatti ridotti si tengono per dichiarati, e diconsi ravvicinati; chi ottimamente riduce appellasi inventore, e per quest'arte di ridurre distinguesi il fisico dal volgo degli sperimentatori. Così un esperimento fece ragione di tutti i fenomeni dei colori, e Newton, che li ridusse, meritò giustamente gli onori d'inventore nell'ottica.

Sino a questo termine è dato allo spirito umano di pervenire nello studio delle cose naturali; e sebbene gli rincresca di dover prendere per causa un effetto generale, pure non gli è conceduto di proceder più oltre, cercando le cause prime delle cose. Poiché lasciando stare che le proprietà dei corpi non ci sono tutte note, o perché alcune restano ancora a discoprirsi, o perché i nostri organi son disadatti al conoscimento di altre, egli è fuor di ogni dubbio che i sensi, i quali sono il fondamento di tutte le nostre speculazioni, veggono le sole proprietà apparenti dei corpi, né sanno né veder possono perché tali ci compariscono, quali ci compariscono, e a che si attengono tutte le loro proprietà, e quale sia la loro natura, ch'è la prima ed originaria causa de' fenomeni. L'universo infatti per noi è l'aggregato delle nostre sensazioni, e cangerebbe ove i nostri organi si venisser cangiando; anzi tutt'altro ancor ci comparirebbe, se i nostri occhi in luogo di essere, come al presente sono, fossero a microscopio o pure a telescopio conformati. Di che avviene che le nostre cognizioni non giungono sino all'immutabile natura delle cose; che siamo e saremo sempre rispetto alle cause prime non altrimenti che i ciechi sono in riguardo ai colori; e che sarebbe una sconcezza di travagliarci in ricerche che vanno oltre le nostre forze, e dalle quali altro di certo non si trarrebbe che vaneggiamenti ed errori. E però ben fanno oggi i fisici, che ad altro non mirano che a raccogliere e a ridurre i fatti, e ad incatenare cause particolari ad una causa più generale, per avvicinarsi quanto più si può coll'ajuto del tempo e dei travagli dell'età avvenire alla riduzione dei fenomeni tutti dell'universo ad un solo, che considerano come il limite d'ogni fisico sapere, e di quella perfezione da cui siamo al presente lontani, cui dobbiamo sempre adoprarci per arrivare, e alla quale forse non arriveremo giammai.

Si può da tali cose ora conoscere che la fisica ajutata com'essa è nelle sue ricerche, e unitamente diretta dalle tre guide della ragione, che sono l'osservazione, l'esperimento ed il calcolo, oltre ad ogni altra scienza sodamente procede, e fondatamente stabilisce le sue verità. Di leggieri si comprende del pari che questa scienza piglia forza e aumento, come cresce il numero dei fenomeni ridotti, dimodoché la multiplicità dei nostri principj è un argomento della nostra imperfezione, perché annunzia un difetto di riduzione nello stato attuale delle nostre cognizioni. Chiunque infine si persuade che la fisica dirittamente trattata altro non è, né dee poter essere, che una raccolta ragionata d'osservazioni e di esperimenti.

Dietro la scorta di questi principj siamo in istato di apprezzare con senno la fisica degli antichi come dei moderni, cominciando dai Greci, di cui certe e non poche memorie sono pervenute sino a noi. Questi sebbene da Talete sino a Socrate non fossero stati che fisici, e gli stessi filosofi morali ed i severi Stoici eziandio sdegnato non avessero lo studio delle cose naturali; pure cognizioni ebbero incerte, disgiunte, erronee e astratte della fisica. Dotati com'essi erano d'alto intendimento, caldi d'immaginazione, arditi nelle loro ricerche, ed impazienti di scoprire il meccanismo dell'universo, trascurati gli esperimenti e le osservazioni, si diedero ad interpretar la natura prima di studiarla, e furono più presto metafisici che fisici. Le non poche fisiche verità, che sparse si leggono nei greci filosofi, furono appo loro opinioni e non fatti, congetture e non teoremi, pensamenti d'una setta particolare e non dogmi della fisica, dottrine infeconde e non principj per ispiegare i fenomeni, verità in somma miste e confuse cogli errori, con questioni e con sottigliezze metafisiche, che a somiglianza degli errori furono contrastate, alterate e poste finalmente in obblio. I Greci adunque, generalmente parlando, mancarono prima in ciò, che osservarono poco, e fecero rarissimi esperimenti; ed in secondo, che ad indagar si rivolsero i primi principj e le prime cause delle cose che, per quanto pare, sono fuori della nostra intelligenza. Ciò nonostante saranno sempre degni della ricordanza dei posteri Archimede, che fondò la meccanica e l'idrostatica; Ipparco per i suoi travagli astronomici; Ippocrate, che si sforzò d'unire la ragione ai fatti nella medicina; Leucippo ed Epicuro, che i primi, poste da parte le ragioni metafisiche, recarono innanzi delle spiegazioni meccaniche sulla fabbrica dell'universo; ed Aristotile, che colla storia degli animali mostrò chiaro di che erano capaci i Greci, se la copia del loro ingegno e lo spirito di setta deviati non gli avesse dallo studio attento e diligente delle cose naturali.

I Latini non ebbero fisici, ed occupati com'erano dell'arte di governare, si ristettero ai Greci, e quasi per erudizione gli studiarono. Lucrezio fiancheggiò di nuove ragioni e leggiadramente abbellì il sistema di Epicuro, e Plinio da'

Greci raccolse ciò che questi aveano scritto intorno all'uomo, alla natura e alle arti, e mettendolo insieme ordinato ce lo tramandò; di modo che i fisici più illustri tra i Romani recarono in latino linguaggio e affinarono le cose greche senza più. È solamente Seneca che non di rado si attira la nostra ammirazione nelle sue questioni naturali, massime quando preso d'entusiasmo annovera le comete, secondo ch'era piaciuto a' Pittagorici, tra le opere eterne della natura: Non ci rechi meraviglia, dice egli, che al presente s'ignori la legge dei movimenti delle comete che rare volte si vedono, e non si conosca il principio ed il fine della rivoluzione di questi astri, che da una distanza così smisurata a noi ritornano. Tempo verrà in cui le cose che ora sono occulte richiamerà a chiara luce lo studio e la diligenza dell'età avvenire, in cui i nostri posteri si meraviglieranno della nostra ignoranza. Tempo verrà in cui alcuno mostrerà in quali parti del cielo si rivolgano le comete, e perché sì lungi dagli altri astri camminino, e quanti e quali sieno. E veramente questo presagio, annunciato con tanta fermezza ed in gran parte avverato, colloca meritamente Seneca tra la classe di quegli spiriti che presentono la forza della verità prima che si possa da lor dimostrare, e separandolo dai fisici della sua età sopra tutti l'innalza.

Dopo questi tempi non vi fanno comparsa che Aristotelici, Platonici, Pittagorici ed Ecclettici, che lasciato da parte lo studio dei fenomeni, vergognosamente occupavansi di astrazioni metafisiche, di questioni teologiche e di cavillazioni loicali. Gli Arabi stessi si smarrirono dietro i Greci, e traducendo i vecchi ed inutili libri della Fisica di Aristotile, li venerarono come sacri codici, che sempre comentando, e sovente mal comprendendo, di nuovi assurdi e di altre inintelligibili questioni li sopraccaricarono. E comeché recato ci avessero le scienze, e molto degnamente adoprati si fossero non che per la chimica, ma a pro delle cose astronomiche; pure non si elevarono alla ricerca delle cause fisiche, e tratto Alhazen, che alcune cose scrisse sull'ottica degne di commendazione, furono i loro fisici per lo più gl'interpreti d'Aristotile e non della natura.

Spenta la barbarie in Europa, e dirozzati gl'ingegni col rinascimento delle lettere, della filosofia araboperipatetica ebbero origine gli Scolastici. Questi si divisero in varie truppe sotto i nomi di Scotisti, Occamisti, Tomisti, o altri; e scelto il sillogismo come la spada da battersi, pugnavano eternamente gli uni contro gli altri per la materia e la forma, per l'accidente e l'infinito, e per altri arzigogoli dialettici, ontologici, cosmologici, teologici, e simili. Erano però tutti d'accordo a mettere in bando l'esperienza e l'osservazione, e a perseguitare come nemici dei buoni studi tutti quei che per avventura alle cose fisiche attendessero: Credeano essi, secondo dice Bacone, che venisse meno la maestà dell'umano intelletto, se attentamente e con diligenza prendessero a trattare esperimenti e cose sensibili e materiali; molto più che riputavano sì fatte cose ignobili a meditarle, ineleganti a dirle, e men degne per la loro multiplicità a praticarsi da uomo libero.

In mezzo a questo disordine di cose surse Bacone di Verulamio, che elevandosi oltre alla folla dei suoi contemporanei avvertì gl'ingegni dei loro traviamenti, e richiamando la fisica dagli oggetti astratti ai sensibili, e dai sillogismi agli esperimenti, la propose loro come l'unico ed il più acconcio mezzo per ricondurli al diritto sentiero ed alle utili discipline. Per guida e conforto degli spiriti allora imbecilli ed infanti dirizzò la nuova logica, e scorgendoli per via non usata nelle fisiche ricerche, insegnò loro il metodo di studiare la natura per la natura medesima, e l'arte meravigliosa di analizzare i fatti, e legare i fenomeni coll'induzione e coll'analogia. E perché le scienze, non ostanti le prime classificazioni d'Aristotile, erano confuse ancora ed impacciate, le ordinò e ne mostrò la comune origine, il mutuo legame, le varie e multiplici diramazioni, le cose in esse già discoverte e le altre innumerevoli che restavano ancora a scoprirsi. Raccolse infine, per quanto allora seppe e poté, una gran copia di fatti, e cercò così di porre e adunare i primi materiali che servir doveano all'innalzamento della fisica e d'incoraggiamento agl'ingegni per passare più oltre. Condotto in questa maniera l'umano intendimento quasi per mano da Bacone, e sospinto dagl'illustri esempi di Copernico, Ticone e Keplero, si mise nella via delle osservazioni e degli esperimenti, e la fisica dei moderni nacque.

Galileo fu il primo ad entrare nella laboriosa carriera, e giustamente si riguarda come il padre ed il fondatore della fisica. I suoi esperimenti e le sue scoverte sulla caduta accelerata dei gravi, sulle leggi del moto composto, su i corpi oscillanti e sopra altri oggetti gravissimi, furono i primi e ben avventurosi auspizi della moderna fisica. Fu egli il primo a riguardare il cielo col telescopio, a misurare il tempo col pendulo, e ad interrogar la natura colla geometria. Da' suoi insegnamenti furono addottrinati Viviani che abbellì la meccanica, Castelli che pose i principj dell'idraulica, e Torricelli che diè cominciamento alla teorica dell'aere. Valsero più d'ogni altro i suoi libri, la sua fama e le sue persecuzioni ad eccitare gl'ingegni ancor lenti, ed a scuotere dal sonno così gl'Italiani come gli stranieri. Fu allora che Pascal in Francia, Ottone Guerike in Germania e Boyle in Inghilterra la dottrina dell'aere si tolsero particolarmente ad illustrare. Stabilì allora Firenze l'Accademia del Cimento, che protetta da illustri personaggi e composta dai più famosi uomini, come Viviani, Redi, Borelli, Magalotti ed altri, chiarissima divenne per la copia ed esattezza degli esperimenti, che con profitto inestimabile della fisica tentò e ridusse a perfezione. E se ogni altra cosa mancasse, il telescopio, il barometro, l'igrometro, la macchina pneumatica e tanti altri utili strumenti basterebbero a somministrarci un argomento certo ed evidente, che con Galileo la vera fisica si nacque, e dopo lui ebbe accrescimento e fiorì; perciocché ove ci hanno strumenti ed esperienze, ivi ci hanno fatti, e perciò scienza.

Lo scolasticismo frattanto, che per ogni dove signoreggiava in Europa, fortemente opponeasi al progresso della ragione, ed ora minacciando ed ora perseguitando teneva sotto il giogo l'umano intendimento, e lo ritraeva dagli ottimi studi. Cartesio venne all'uopo, e come chi grand'era d'ingegno e franco di animo, affrontò la filosofia delle scuole, forte la scosse, e sin dalle fondamenta rovesciolla, sostituendo all'oscurità la chiarezza, all'autorità l'esame, e ad Aristotile la ragione. Ma come gli uomini sono così fatti che amano l'errore piuttosto che l'ignoranza, e se prima allettati non sono dalla vista d'un nuovo sistema, non sanno l'antico abbandonare; così Cartesio con grande accorgimento immaginò un sistema di suo senno, e distruggendo l'errore delle scuole con un altro più vistoso e bizzarro, tutti a sé trasse gli spiriti, e li condusse, come suole accadere, alla verità per la via degli errori.

Tolti i potentissimi ostacoli della scuola, gli ingegni educati già da Galileo, e strascinati, dirò così, da Cartesio, si rivolsero da ogni parte allo studio della natura. Ma perché gli antichi non ebbero, per dir così, fisica particolare, né conobbero il pregio e l'importanza delle minute osservazioni, fu di mestieri in questa prima età della fisica che tutti attendessero ad osservazioni e ad esperimenti per supplire quanto più si potea alla scarsezza dei fatti. Fu quindi la fisica in questi primi tempi soda e reale, ma slegata e ristretta ad oggetti particolari; e si può questa prima epoca chiamare l'epoca della raccolta dei fatti che servir dovea d'apparecchio all'altra della riduzione dei fatti e dei grandi fenomeni della natura. E veramente non era ancora la fisica né potea essere tanto franca ed ardita da elevarsi ad abbracciare in grande le cose. Gli stessi ingegni più nobili, come Keplero e Cartesio, che si sforzarono di trovare il legame che passa tra la natura terrestre e la celeste, nei loro pensamenti fallirono, perché il tempo non era ancora maturo. Siccome i fenomeni della natura sono i risultamenti matematici d'un piccolo numero di leggi invariabili; così non si possono dichiarare senza il favore del calcolo e della geometria, né può lo spirito umano comprenderli, se prima non abbia condotto alla conveniente perfezione le pure matematiche. Di che viene che i progressi della fisica e quelli delle discipline geometriche vanno compagni, e strettamente tra loro si attengono e riferiscono. Trovandosi adunque la fisica sfornita in quei tempi dell'ajuto dei sublimi calcoli, e con essi delle grandi verità geometriche, non sapeasi liberare dall'impaccio degli oggetti particolari, e desiderava un genio che portando alla naturale altezza il calcolo e la geometria, e generalizzando le belle scoverte di Keplero, Cartesio, Galileo, Hugenio e di altri, ivi la recasse, d'onde potea la prima volta riguardare i fenomeni insieme e l'universo in grande; ed ecco Newton.

Fornito com'egli era di alto intendimento, nutrito nella geometria degli antichi, educato nell'algebra di Cartesio, preceduto da Wallis, Brounker e Mercatore, poté generale rendere il metodo delle quadrature che in alcune curve aveano questi grandi uomini trovato, o l'altro delle tangenti di Barrow, il calcolo delle flussioni inventando. Ebbe in questo calcolo lo strumento per sciogliere qualunque moto nei suoi elementi, per estimare il rapporto degli elementi delle celerità nell'istante medesimo che si svaniscono, per calcolare tutte le combinazioni delle forze e delle grandezze variabili, e per osservare e sorprendere la natura nei suoi primi andamenti e nei suoi primi insensibili passi, che sebbene sfuggono la nostra vista, pure sono più atti alla nostra intelligenza. Persuaso che il legame tra la terra ed il cielo era da ritrovarsi nell'identità dei fenomeni operati per le stesse cause e secondo le medesime leggi, si mise a considerare e insieme a confrontare le leggi già ritrovate da Keplero, secondo le quali i pianeti si muovono, e quelle discoverte da Galileo, a norma delle quali i gravi cadono alla superficie della terra; ed in virtù di questa comparazione, e coll'ajuto del novello calcolo, fondò la non mai sin allora conosciuta meccanica celeste. Perché i satelliti e i pianeti principali muovonsi in ellissi, e gli uni e gli altri aree descrivono proporzionali ai tempi, ne ritrasse con sottil pensamento che tutti sono ritenuti nelle orbite da una forza al foco diretta delle loro rivoluzioni, ed unendo questa forza colla projettile giusta le idee di Hook, ragion fece dei movimenti curvilinei dei corpi celesti. E perché i quadrati dei tempi periodici dei pianeti sono come i cubi dei grandi assi delle loro orbite, ne inferì che la forza, la quale trattiene i pianeti, va a farsi meno nella ragione dei quadrati delle distanze. Anzi, come colui che di gran sentimento era nelle cose geometriche, valse a dimostrare in generale che un projetto, animato da una forza diretta ad un punto e reciproca ai quadrati delle distanze, può descrivere una delle sezioni coniche, come ancora a provare che i teoremi d'Hugenio per i corpi che girano in un cerchio, esattamente quadrano a quelli che muovonsi in ellissi, come fanno i pianeti. Dalle leggi in somma di Keplero ricavò la forza che opera nella ragione inversa dei quadrati delle distanze, e da questa forza le leggi conchiuse di Keplero. Giunto a questo termine si rivolse alla terra, e si avvide che più fenomeni terrestri chiaro gli annunziavano la tendenza che hanno i corpi gli uni verso gli altri, o sia l'attrazione, ed il moto dei penduli, e la caduta dei gravi nel vôto gl'insegnavano che l'attrazione opera nella ragione delle masse. Comprese adunque che a stabilire l'unità del sistema tra la terra ed i corpi celesti conveniva dimostrarsi l'identità della forza, o, per dir meglio, che l'attrazione sia la stessa forza che rattiene i pianeti, ed opera nella ragione reciproca dei quadrati delle distanze; ed egli con gran sagacità ciò fece per mezzo della luna. Comparò la luna che si muove ad una pietra che cade; ed ajutato dalle scoverte di Galileo e dalle misure di Picard, vide non solo che la luna girando cade come una pietra, ma dagli spazj che l'una e l'altra cadendo nello stesso tempo trascorrono, si accorse che l'attrazione dal centro della terra alla superficie, e di là sino alla luna estendendosi, va la sua forza menomando nella ragione dei quadrati delle distanze. Allora fu che con animo franco e sicuro si elevò dalla terra, e poggiando il piede, dirò così, sulla luna, si andò a collocare nel sole, d'onde si mise a riguardare i pianeti lanciati dalla mano del Creatore, ed obbligati a girare dalla massa del sole che li signoreggia; incatenò al nostro sistema le sin allora erranti comete; sottopose il sole alla legge comune, mettendolo in movimento insieme cogli altri; pesò la massa dei pianeti da satelliti corteggiati; stabilì un punto centrale, intorno a cui e pianeti e lune e comete da una parte, e la massa del sole dall'altra, come in una stadera, si equilibrano, e rivelò agli uomini che ogni molecola di materia attrae tutti i corpi nella ragione della sua massa, e reciprocamente al quadrato della sua distanza dal corpo attirato. Scorto quindi da sì fatto principio andò conoscendo che la terra ed il sole turbano i moti della luna; che il sole e la luna sovrastando alle acque del mare l'agitano e le gonfiano; che l'azione del sole e della luna sull'equatore terrestre è la causa per cui gli equinozj precedono, e le stelle fan sembianza di muoversi in longitudine; che i pianeti intricandosi nei loro giri, secondo il sito, la massa e le distanze, mutuamente si ritardano o si accelerano e si alternano i movimenti; tutti in somma i fenomeni derivarono da leggi generali e calcolati, tutti si ridussero all'attrazione, e l'universo fu per Newton un problema d'algebra e di geometria, di cui in alcune parti apprestò intera ed in altre accennò la soluzione. Ben gli si conveniva dopo tutto ciò il diritto di dettare leggi all'umana ragione nelle ricerche delle cose fisiche; ma egli pago di richiamare in luce la logica di Bacone, questa espose in brevi canoni, e sanzionata la repubblicò dalle proprie scoverte sul sistema del mondo e sulla teorica dei colori.

Pubblicato il sistema di Newton, vennero meno i vortici di Cartesio, come all'apparir dei vortici eran cadute le sottigliezze degli scolastici, e cominciò la seconda epoca della filosofia naturale, che si nota e segnala per la riduzione dei grandi fenomeni, per l'unione della fisica coll'algebra, e per la retta maniera di ragionare. Poiché, rigettate le ipotesi generali e le spiegazioni indeterminate, s'introdusse in fisica e si stabilì come principio che sono solamente da ammettersi le cause fisiche e le teoriche precise e calcolate, le quali ragion fanno non che dell'esistenza del fenomeno, ma ancora delle sue modificazioni, della sua quantità ed estensione. Frutto di questo principio è stato il travaglio di un secolo, per cui i più grandi ingegni hanno inteso a sviluppare in tutti i suoi conseguenti l'attrazione, la quale comeché posta già e rassodata dal Newton, per l'imperfezione in cui era allora il calcolo dell'infinito, non sapea ancor vincer la difficoltà d'alcuni problemi, e ridurre e spiegare alcuni fenomeni che parea ricusassero le sue leggi. Ed in verità, sublimata la meccanica ad un principio generale, inventati nuovi calcoli, discoperti nuovi corpi celesti, dopo le fatiche di Clairaut, Alembert, La Grange, La Place, e tanti altri, si è finalmente arrivato a dimostrare corrispondenza tra i calcoli e le osservazioni, tra l'attrazione ed i fenomeni celesti; e la meccanica celeste è divenuta il testimonio più vero e chiaro e glorioso della forza ed eccellenza dell'umano intendimento.

La fisica, che fiancheggiata dai sublimi calcoli si levò tanto alto per opera di Newton, ha ricevuto a tempi nostri nuovo accrescimento per i progressi della chimica, con cui sinora è stata in comunicazione, e tiensi ancora amichevolmente congiunta. Sebbene lo spirito umano ha diviso le scienze per conforto della propria debolezza; pure questa separazione è da considerarsi come temporanea, ed allora sarà egli veramente degno d'interpretar la natura, quando perfezionate separatamente le scienze, e distrutti i limiti che le dividono, di tutte non ne formerà che una sola e semplice scienza. Indi è che l'immenso intervallo che passa tra lo stato attuale delle nostre cognizioni e l'intera riunione delle scienze è supplito dalle nostre opinioni ed ipotesi, o sia dai nostri vaneggiamenti; che il progresso di una scienza influisce naturalmente sulle altre; che l'unione della fisica colla chimica è da riguardarsi come un passo ulteriore dello spirito umano verso la perfezione, e l'epoca di questa unione come l'epoca terza della fisica moderna. E veramente siccome la natura, niente riguardando ai nostri metodi ed alle nostre divisioni, suole insiememente adoprare gli agenti chimici ed i meccanici nella formazione delle sue opere, ed i fenomeni unitamente risultano dalle leggi del moto e da quelle dell'affinità; così ben si comprende che la fisica coll'ajuto della chimica li ha potuto spiegare più destramente che prima non facea. In effetto l'analisi dell'aria atmosferica, la eudiometria, la meteorologia, e tanti altri articoli di somma importanza o sono interamente nuovi, o rinovati e raddrizzati secondo le scoverte della moderna chimica. E mentre la fisica si è tanto giovata della chimica, va essa di continuo questa rischiarando, e, quel ch'è più, le ha somministrato uno strumento novello ed efficacissimo ad analizzare i corpi nella colonna di Volta . Tanto egli è vero che un fenomeno appartiene, dirò così, a tutte le scienze, e che queste sono state da noi divise per istudiare, e sono da unirsi per conoscere la natura.

In mezzo a tanti lumi e a tanti progressi dello spirito umano, l'arte di fare esperienze è divenuta più esatta; ed eccitata, guidata e raffinata la mano dei più valorosi artefici dal genio delle scienze, la fisica strumentale è stata condotta a gran perfezione, e va sempre più acquistando un'incredibile precisione. Le lenti acromatiche, i telescopj di Herschel, i nuovi microscopj hanno amplificato la nostra vista ed il nostro mondo; gli orologi resi imperturbabili ai movimenti di una nave, alla differenza dei climi ed alle vicende dell'atmosfera, misurano con rigore il tempo; e le nostre osservazioni ed i nostri esperimenti son divenuti esatti per l'esattezza delle divisioni che si trovano nelle macchine e negli strumenti. Le antiche e già conosciute verità sono state meglio dimostrate, ed una gran copia di fatti è stata osservata e misurata con isquisitezza di parte in parte, perché fabbricati con più diligenza gli antichi strumenti, ed altri con grande precisione di nuovo inventati, abbiamo già supplito, per quanto l'umana industria sa e può, alla gran distanza che corre tra l'imperfezione dei nostri organi e l'esattezza della natura. Per lo che ricca al presente la fisica di strumenti e di metodi, favorita di concerto dalla storia naturale, dalla chimica e dalle matematiche, guidata dalla logica di Bacone, coltivata dagl'ingegni più chiari, ed intenti i fisici con incredibile pazienza ed ardore ad osservare e ad esperimentare, abbiamo fondata ragione di credere che venga questa scienza di giorno in giorno sempre più ampliandosi, massime che oggi ridotte le fisiche discipline a facili e semplici elementi, sono divenute uno studio di piacevolezza, una parte della gentile educazione ed un indizio di pubblica coltura tra le polite nazioni.

Ciò non ostante non siamo noi senza difetti. Ogni nuova scoperta ci trasporta oltre modo, e sotto il pretesto di estenderla si riguarda come una verità centrale, e la ragione di quei fenomeni che non sono stati ancora o bene o abbastanza dichiarati. E come l'ingegno umano sa con destrezza dare eziandio ai fatti la forma della nostra mente, si collocano gli esperimenti e le osservazioni con tale simmetria, che riguardati, dirò così, di profilo ci presentano lo stesso punto di vista e ci mostrano gli stessi risultamenti. Indi illusa l'Europa comincia a parlare il medesimo linguaggio e segue con entusiasmo la stessa opinione. A poco a poco, o perché la natura smentisce i nostri mal fondati raziocinj, o per amor della novità si guasta l'incanto, e rigettandosi ciò che prima con grande ardore abbracciato si avea, si corre ad un'altra opinione, e s'imbatte in una nuova illusione. Che non si spiegò per attrazione o repulsione? quanto non ha poi signoreggiato il fluido elettrico? quali rumori poco fa non levarono le arie fattizie? Comparve ogni cosa, non ha molto, in linee inviluppata e di analitiche forme rivestita. L'altro jeri tutto era affinità, ed un discorso senza chimici vocaboli si reputava quasi barbaro e profano. Oggi tutto è etere, etere che si scompone, etere che si neutralizza. E così di mano in mano passando di opinione in opinione, sempre trasportati e sempre leggieri, adottiamo nuovi vocaboli e nuove spiegazioni; e la fisica, se non è come quella degli antichi divisa e lacerata in più sette, è sottoposta per queste rapide vicende alla bizzarria delle mode. Ci consola però, in tanta copia ed instabilità d'opinioni, il vedere che le nostre illusioni medesime tornano per virtù dei metodi già stabiliti ad utilità della fisica. Ogni nuova opinione infiammando gl'ingegni li sospinge ad altre e più dure fatiche, ed incoraggiandoli a nuove sperienze l'origine diviene di altri belli pensamenti e di altre felici scoverte. E come la fisica rigetta oggi le ipotesi e i sistemi, e non annovera tra i suoi dogmi se non le cose certe e dopo maturo esame sodamente confermate; così può dirsi che le illusioni e gli errori sono dei fisici, e non della fisica. Di fatto mentre quelli si smarriscono, essa profittando dei loro travagli raduna nuovi fatti, ed in mezzo all'urto di tante contrarie opinioni si apparecchia la strada al ritrovamento di altre importanti verità , come ha fatto per mezzo della luce, del calorico, dell'elettricità, dell'elettromagnetismo e del resto.

Ci duole, in secondo luogo, che i fisici da ogni parte intenti tutti sieno ad esperimentare, e poca sollecitudine si prendano di osservare. Invece di multiplicare le osservazioni, e rischiarare quelle che dubbie sono, coll'esperienza, siccome sarebbe convenevole, ognuno si chiude nel proprio gabinetto, e giuocando con alcuni strumenti, ed accomodando a suo arbitrio la natura, ci reca innanzi i suoi esperimenti, che da più luoghi a noi pervenendo, alcuna volta ci sono inutili o d'inciampo per la loro imperfezione, e spesso aumentano la nostra incertezza per la loro contrarietà. Non è quindi da maravigliare se cresciuto sia il numero dell'esperienze senza crescere a proporzione quello dei fatti, e se multiplicato siesi piuttosto il catalogo delle opinioni che quello delle fisiche verità. Ora sebbene l'esperimento sia una scorta nella dubbiezza delle apparenze, un ajuto alla nostra debolezza, ed un metodo di interpetrazione; pure è un'osservazione fattizia, un artefizio della nostra mente e l'opera delle nostre mani. E però i suoi dettati saranno sempre incerti, i suoi piccoli saggi inutili, e le sue interpetrazioni fallaci, se non sono confermati dai fenomeni osservati, e non si adattano esattamente alle opere della natura. Per lo che il fisico dalla vista d'una natura fattizia dee ritornare a quella della reale, e dal suo gabinetto all'universo, molto più che coll'osservazione, innanzi d'ogni altro può confidarsi di acquistare un abito felice ed un diritto sentimento per interpetrar la natura, svelarne gli artifizi e notarne le consuetudini che sono l'oggetto di tutte le nostre ricerche e fatiche. E se qui ci fosse conceduto di far voti per l'avanzamento delle scienze fisiche, sarebbe da desiderarsi che un'accademia s'istituisse, da cui esaminati tutti gli esperimenti nuovamente fatti, e che di tempo in tempo si vanno dai fisici in più parti dell'Europa facendo, quei soli si pubblicassero che certi sono, e giustamente collocar si debbono tra la classe dei fatti; affinché ridotti in un sol corpo riposasse su i medesimi la nostra confidenza, e con sicurezza appoggiar vi si potessero le nostre speculazioni. Per buona fortuna i fisici al presente e le accademie scientifiche, vinte le gelosie nazionali e le differenze in fatto di religione, van formando unica società, si comunicano sollecitamente i loro travagli, e gareggiano tra loro per condurre a perfezione le scienze fisiche e illuminare i popoli della terra. Appena Oersted discoprì l'azione della pila di Volta sull'ago magnetico, Ampère ed Arago in Francia, Davy e Faraday in Inghilterra, Nobili in Italia, Schweiger in Halle e tanti altri da ogni parte son venuti ad accrescere questo novello ramo della scienza. Come Seebeck annunziò la pila termoelettrica, si videro Oersted e Fourier che uniti insieme tentavano nuove esperienze sopra questa nuova maniera di eccitare le correnti elettriche. E parimente subito che Barlow si accorse dell'azione delle palle ruotanti sull'ago magnetico, venne Arago scoprendo le azioni dei corpi in moto sopra le calamite, o dei corpi in riposo sulle calamite mobili, e poi confermò queste sue scoverte contro le opposizioni del Nobili, che non le aveva trovate vere nel fatto, e quindi furon replicate dall'Herschel: e così si va in ogni luogo e con ogni diligenza ricercando la sodezza degli esperimenti. Sicché l'amor di gloria e del sapere nelle circostanze attuali di Europa par che acceleri la conoscenza della verità dei fatti, e non ci lasci più a lungo, come prima, dubbj ed in forse sopra la certezza degli esperimenti .

Bastano queste poche linee per portare un giudizio fondato sulla fisica degli antichi e dei moderni. Quelli, collocandosi alla sorgente di ogni cosa, immaginarono cause generali per spiegar tutto. Questi, dopo lo studio dei fenomeni in particolare, sonosi a poco a poco e con passo sicuro elevati alla cognizione delle cause. I primi, deviando dalla strada dei fatti, non ebbero il giusto metodo e la diritta maniera di trattare la fisica. I secondi al contrario, intenti ad osservare e ad esperimentare, hanno cercato di ridurre i fatti, hanno sodamente posto le leggi della natura, e dato cominciamento alla vera fisica. Questa scienza adunque presso i moderni è stata meglio coltivata, ed è di gran lunga superiore che non fu presso gli antichi. La nostra superiorità però non consiste, come alcuni hanno falsamente creduto, nelle molte verità da noi conosciute, e che quelli non seppero; perché le nostre scoverte si possono considerare come frutti naturali e ben avventurosi del tempo, massime che la fisica di sua natura cresce coi fatti, e lentamente si aggrandisce; ma è tutta da riporsi nello studio della natura per parti, nella maniera di ragionare, in una parola, nel metodo.

Ora comeché la ragione ci persuade e la storia chiaro ci dimostra che la fisica sia tutta riposta nel raccogliere e ravvicinare i fenomeni; pure queste son cose piene di stento, e ricercano assiduità, pazienza, attenzione e gran forza d'ingegno. Per la qual cosa non sembrerà per avventura inopportuno indicar qui brevemente per quali vie e coll'ajuto di quali metodi giunger si potesse a raccoglier non meno che ad incatenare i fatti, e dichiarare in alcun modo la logica dei sensi che ci guidano nella raccolta dei fatti, e quella della ragione che presiede alla riduzione e classificazione dei fatti medesimi.

Niuno potrà degnamente attendere all'investigazione delle cose naturali se prima uso non sia e quasi dimestico all'osservare e all'esperimentare, trattando macchine, e replicando le osservazioni e gli esperimenti già praticati e generalmente stabiliti; perciocché i nostri occhi, le nostre mani e in breve i nostri sensi hanno bisogno di questa specie d'educazione per rendersi atti a maneggiar destramente gli strumenti, e a scoprir con sagacità e prontezza gli andamenti della natura. Né alcuno, comeché pratico di esperienze e di osservazioni, ne trarrà il desiderato frutto, se osservando e sperimentando un oggetto non si propone certo, determinato e particolare. Senza di questo il nostro spirito incerto, errante e distratto dalla vista di tanti oggetti, leggermente tutti e senza alcun profitto li trascorrerà, né intento potrà esser a coglier luce dalle minute cose, dai fenomeni passeggieri e da ogni parte, per rischiarare quell'oscurità, dentro cui la natura si piacque di avvolgere i suoi disegni e l'apparecchio delle sue opere. Stabilito l'oggetto delle nostre ricerche, è da porsi mente a tutto ciò che gli altri in diversi tempi intorno ad esso hanno fatto e pur tentato di fare; affinché collocati, dirò così, su i confini che separano le cose note dall'incognite, non si desse da noi alcun passo inutile, e giovandoci delle altrui fatiche e degli altrui errori eziandio, si potesse con maggior franchezza proceder più oltre trovando qualche nuova verità. Un piano però, disegnato prima ed abbozzato nella nostra mente, dee sempre precedere tutti i nostri travagli. E sebbene questo piano dovrà certamente correggersi e cambiarsi, e ridursi a miglior forma nel corso delle nostre ricerche; pure ci servirà di guida nei primi ed incerti nostri passi, ci additerà gli strumenti all'uopo necessarj, e toglierà l'incertezza e l'irresoluzione dei nostri occhi, i quali, se prima non sono in alcun modo avvertiti, non sanno, come se stupidi fossero, quello che a loro si presenta per avventura vedere.

Un'altra parte delle nostre cure si dee rivolgere alla scelta e all'apparecchio degli strumenti, dai quali dipende il pregio, e dirò così il momento delle nostre esperienze ed osservazioni. Poiché sebbene per la negligenza involontaria degli artisti, o per causa della materia di cui son costrutti, o per altro, naturalmente seco portino qualche imperfezione; pure sempre confortano l'imbecillità dei nostri sensi, e loro imprestano quell'esattezza di cui sogliono essere sforniti. Prima dunque di metterli in pratica sono da esaminarsi con ogni diligenza ed attentamente da studiare, per esser sicuri della loro bontà e perfezione. Ci dee esser noto il loro meccanismo, il grado d'incertezza in cui ci lasciano, l'imperfezione della materia di cui sono fabbricati, la opportunità di usarli, gli errori cui stan sottoposti, il modo di rettificarli, ed ogni altra cosa che al loro diritto uso conduce. Indi è che non pochi fisici sono stati ancora artisti: Lewenoeck era il suo ottico, Réaumur facea i suoi termometri, Deluc costruiva i suoi barometri, Nollet smaltava e torniva, ed Herschel fabbricava i suoi stupendi telescopj.

Nel dar cominciamento alle osservazioni e in tutto il corso degli esperimenti si riguarderà con attenzione ai venti, alla stagione, al caldo, al freddo, al secco, all'umido, allo stato insomma dell'atmosfera che altera i fluidi che si trattano, i vasi che li contengono, la posizione degli strumenti che si adoprano, e turba i risultati dell'esperienze. È cosa ormai molto nota che per quanto i fisici ingegnati si erano di estimare la relazione che passa tra il peso dell'aria e dell'acqua, non potevano determinarlo con due uniformi esperienze; perché secondo che variava lo stato dell'atmosfera, si cangiava e vario venía a farsi il loro peso. Lodevole quindi costumanza fu quella dei fisici di notare con diligenza, per mezzo degli strumenti meteorologici, lo stato dell'atmosfera in ogni esperimento ed osservazione, affinché si potessero corregger gli errori provenienti dalle vicende dei tempi, e farsi comparabili quegli esperimenti che eseguiti in varie stagioni e in diverse contrade, ancorché tra loro si convengano, dimostrano nondimeno un'apparente differenza. Per lo che dopo i progressi della moderna fisica si è già convenuto di riferire le nostre osservazioni ed i nostri esperimenti a zero di temperatura e a zero del barometro, affinché si potessero meglio comparare con quelli che si mandano ad effetto in qualunque luogo del globo; giacché lo zero di temperatura e quello del barometro che indica il livello del mare, son due punti comuni a tutti sulla terra .

Cadrebbe ora in acconcio di fornire alcune regole ed esporre alcune precauzioni da adoprarsi nell'arte difficile di osservare e di esperimentare; ma le regole riescono inutili, e i precetti poco o niente instruiscono in questo genere di cose. È la vista dei grandi modelli che solo può rischiare il nostro spirito, e sono le memorie originali dei più illustri fisici che possono veramente educare la nostra mente. Ivi si vedrà che i primi nostri sforzi sono per lo più vani, i primi nostri passi non senza errori, e le prime nostre cognizioni sempre superficiali. Ci esorteranno questi grandi uomini a superare con pazienza gli ostacoli che a folla s'incontreranno, a ritornare spesso sul cammino da noi battuto, a rifare e talvolta a rigettare quello che da noi non senza molta pena si è fatto, mostrandoci col loro esempio che lottando colle difficoltà, errando e rifacendo si può finalmente giungere a discoprire. Leggendo le memorie originali, potremo noi pigliare quell'indole attenta, paziente, esatta, laboriosa tanto necessaria per aspettare il momento più favorevole a riguardare un oggetto, e per notare con scrupolosità il principio, le circostanze, il progresso, i cambiamenti, i rapporti, la storia tutta di un fenomeno. Réaumur, più attento di Borelli ai moti della torpedine, spiegò la ragione per cui dà la scossa; ed Haller, vincendo l'attenzione di Malpighi, scoprì il pollo che preesiste nell'uovo. Dietro la scorta di questi maestri non più si distinguerà tra i grandi ed i piccioli fatti, ma chiaro si conoscerà che ogni fatto è una parte necessaria di un tutto, ed un anello staccato, che potrà legare alcune maglie della catena. Bacone, come quello che avea gran senno, ci avvertì che la cognizione delle piccole cose ci può presto condurre a quella delle grandi, che non fa la cognizione delle grandi a quella delle piccole, e solea egli dire che la chiave è la cosa più piccola della casa. Trembley, che diffidando dei propj occhi fa ripetere le sue famose osservazioni su i polipi a Bonnet ed a Réaumur, c'insegna a dubitare dei nostri sensi, e delle cose da noi vedute, finché un lungo e maturo esame non ce ne avesse assicurato. Wells, che replica le sue esperienze per investigare la cagione e i fenomeni della rugiada, ci dà a conoscere che replicando, gli esperimenti si assodano e si confermano . Deluc, che porta il suo barometro a Ginevra, in Genova e nella bassa Linguadoca per misurare l'altezza del lago di Ginevra sopra il livello del mare, ci mostra che per diverse strade conviene arrivare allo stesso termine, e variando le osservazioni, e diversi metodi adoprando, ricavare i medesimi risultati, perchè l'uniformità in questo caso è un indizio di verità. Newton, che anatomizza la luce, e ora scompone, e ora ricompone il raggio solare, ci manifesta che, ove si può, la migliore pruova nell'arte di esperimentare è l'analisi e la sintesi, come fanno i chimici. Tutti insomma i sagaci investigatori della natura c'inspireranno ardore e diligenza, e tutti ci avvertiranno a tenere la mente e l'animo scevro d'ogni parzialità nel raccogliere i fatti; affinché questi sfigurati ed alterati non fossero dei fantasmi interiori del pregiudizio, che sono assai più da temersi, che gl'inganni dei sensi.

E senza più dilungarci sopra questo argomento, ben si raccoglie da tutto ciò che l'arte di osservare e di esperimentare non è altro che la filosofia applicata alla discussione dei fatti della natura: i suoi apparecchi sono strumenti esatti, sensi esercitati, sono intendimento e metodo: i talenti che desidera, sono pazienza, attenzione, sagacità ed esattezza: le prove che somministra sono la ripetizione e variazione delle osservazioni e degli esperimenti, l'analisi e la sintesi. Ma questa prima parte della fisica colloca i fondamenti d'ogni speculazione, e deve esser seguita dalla parte più nobile che eleva l'anima, e ricerca un ingegno più vasto che dicesi arte di ridurre i fatti.

Riferendo le scienze alla natura, che intendono esse di conoscere e d'interpetrare, chiaro si scorge la loro imperfezione e la nostra ignoranza. Poiché l'universo risulta da fenomeni, che sono infiniti di numero, e varj tutti di forma, i quali derivano da pochi e generali principj là dove le nostre scienze non bene e pochi fenomeni conoscono, ed abbondano di principj e di metodi. Ad accrescere dunque e perfezionare le scienze, l'oggetto delle nostre fatiche, dopo di aver adunato, quanto più si può, fatti, deve esser quello di contemplarli profondamente per iscoprire, a traverso della loro differente sembianza, il punto in cui tutti si convengono, e comprendere l'unità del principio in mezzo alla prodigiosa varietà delle apparenze. Questo principio non può né deve esser altro che un fatto della natura che noi sogliamo esprimere per brevità di linguaggio con formule astratte; ed i varj fenomeni, che a questo fatto si attengono, non ne sono né possono essere altro che pure e semplici traduzioni. Indi è che ove si trova per buona ventura un fatto che naturalmente ragion fa di tanti altri, dicesi di congegnare una teorica, ed allora si ha certezza e si mette fine alle nostre ricerche. I caratteri adunque della teorica son due: che il principio, secondo cui dichiaransi i fenomeni, sia un fatto; e che questo fatto senza stento e quasi spontaneamente vada spiegando e quasi traducendo tutti gli altri. Ma siccome per umana condizione travediamo la verità prima di vederla, e a poco a poco e tasteggiando, ed alcuna volta errando eziandio l'arriviamo; così nate sono le congetture che ci aprono la strada alle teoriche, e ci recano delle probabilità, secondo che più o meno alle teoriche si avvicinano, pigliando il nome d'ipotesi o di sistemi. Si dicono ipotesi quando si sforzano di legare i fatti con una supposizione del nostro cervello; e sono sistemi in due casi, cioè: quando spiegano i fenomeni per un principio che non è un fatto, ma ricavato e argomentato dai fatti, o pure quando il principio è un fatto, ma non sono ancora pervenute a ravvicinare e ridurre al medesimo tutti gli altri fatti. Per lo che i sistemi sono strade per arrivare alla teorica, e hanno diversi gradi di probabilità e non certezza; sono metodi di abbreviazione delle fatiche già fatte, e indici di altre fatiche da farsi; sono schizzi abbozzati dalla nostra immaginazione da confrontarsi coi grandi originali della natura: i sistemi insomma vengono meno, o si rafforzano, secondo che i fenomeni ammettono o rigettano le loro spiegazioni.

Alcuni si danno a credere esser cosa ottimamente fatta fabbricare ipotesi per congetturare; ma questa maniera di congetture si vuol del tutto fuggire. Imperciocché i fenomeni costanti della natura sono da legarsi con altri fenomeni, e non coi nostri pensamenti; e le cause da investigarsi vogliono essere esistenti e non possibili, o sia la natura s'interpetra e non s'indovina. Indi la storia ci addita i rottami e le rovine di tante ingegnose ipotesi, e colloca i loro architetti tra i romanzieri della fisica. Né le ipotesi prendono alcun vigore da ciò, che verisimili ci sembrano, e fornite di quella semplicità che suol essere il carattere della verità. Imperciocché tutto quello che non è un fatto, non può essere un principio vero, né ciò che dai fatti non ricavasi, per quanto semplice e verisimile ci paja, può e deve a noi porgere una congettura opportuna a diciferare le cose naturali. Oltrediché, lasciando stare che sembra una temerità il credere che gli stessi principj debolissimi creati dalla nostra mente abbiano per avventura potuto guidare la sapientissima natura, egli è certo che la classe delle cose verisimili è pressoché tanto estesa quanto quella dei possibili, e non di rado accade che la nostra semplicità è vinta dalla semplicità della natura. Parea a prima vista cosa chiara e semplicissima che i pianeti si movessero in circoli perfetti; e ciò non ostante l'osservazione ci mostra che le loro orbite sono ellittiche e non circolari. E comeché il moto muscolare dei meccanici e la fermentazione dei chimici ipotesi fossero e verisimili ed atte a spiegare la digestione; pure i più solidi e belli esperimenti ci hanno senza alcun dubbio dimostrato che si opera in virtù dei succhi gastrici e del calorico. Però Newton stabilì come principio generale in fisica, che non sono da ammettersi altre e più cagioni delle cose naturali, se non quelle che vere sono e sufficienti a spiegare i fenomeni.

Poste da parte le ipotesi incerte ed arbitrarie, le nostre congetture sono da fondarsi sopra i fatti, e da ritrarsi dalla loro inspezione. Indagare quindi la causa fisica dei fenomeni è lo stesso che sciogliere un problema, in cui le cose date sono le osservazioni e gli esperimenti, e da questi, che sono le cose note, è da svilupparsi l'incognita, che è la causa. Né altra a ciò fare è la nostra algebra che l'analisi fisica, la quale è fondata, come anderemo divisando, sulla comparazione dei fatti, ed è ajutata dall'analogia, dalla induzione e dal calcolo.

Non essendo a noi dato di conoscere la natura delle cose, è oggi un assioma in filosofia, che la comparazione degli oggetti è l'unico strumento del nostro sapere. Di fatto ogni cosa che non è comparata, è per noi incognita; enumeriamo le proprietà degli esseri, enumerandone i loro rapporti; e lo spirito nostro è tanto più vasto e profondo, quanto più rapporti conosce, sì che tutta la nostra scienza si riduce a quella delle relazioni delle cose. Unico quindi è il metodo delle scienze, e la fisica ad altro non intende che alla comparazione dei fatti della natura. Ma le discipline matematiche, come quelle che riguardano oggetti semplicissimi, quali sono i numeri, le linee e le quantità, più facilmente li comparano, e sono meno sottoposte ad errori; là dove la fisica, che contempla gli oggetti intricati ed impacciati come stanno nell'universo, a stento e lentamente li può confrontare, e spesso va errata nel confrontarli. Indi è di necessità che l'analisi porti a semplicità i fatti prima di compararli, e che le scienze fisiche durino una fatica, che le matematiche non fanno. Si trova dunque la causa fisica dei fenomeni per mezzo della loro comparazione, e si comparano i fenomeni, conducendoli prima a quella semplicità che maggiore si può.

Nel dare questo primo passo l'analisi è molto industriosa. Rivede essa i fatti ad uno ad uno, e cercando ciò che hanno di straniero, di accidentale o di passeggiero, lo rigetta, come quello che non può né deve essere un soggetto di comparazione. Isolati studia gli oggetti per notarne, dirò così, il carattere e la qualità principale, cui stanno quasi soprapposte le altre. Considera separatamente le cause che insieme concorrono alla produzione di un effetto, e va stimando il valore di ciascuna, e quella osservando che innanzi di ogni altra influisce. Trascurate le piccole variazioni, ne coglie le più sensibili, e restringendole dentro ad alcuni limiti certi e determinati, ne stabilisce il principio, gli accrescimenti e il maximum. Modera l'ardore della nostra immaginazione, che tinge e annebbia l'aspetto delle cose, ed esprime con brevissime note i fenomeni già esaminati, per farli più adatti alle nostre combinazioni. L'analisi insomma dissipando l'illusione delle apparenze, e la confusione di tante qualità accessorie che turbano la nostra vista, dispone i fatti, e in guisa tale gli apparecchia, che chiaramente si veggano, e il loro legame più facilmente si possa discoprire. In questo artifizio consiste tutta l'opera nostra; per questa destrezza di ridurre a semplicità si elevano i grand'uomini sopra i volgari; e per sì fatto apparecchio, che danno ai fenomeni, acquistano gl'ingegni una superiorità, dirò così, di posizione; perché simplificando si giunge al luogo e si coglie il giusto punto di vista, d'onde riguardare il legame delle cose, che si legge nelle cose medesime, e non si crea. Newton, che in ciò fare era valoroso, ebbe il gonfiamento dell'equatore terrestre come un anello distaccato dalla terra, ed una montagna allo equatore come una luna, che girando la terra, insieme gira e la segue; ed allora cominciò a comprendere perché variar si debba l'angolo della obbliquità dell'ecclittica, e retrogradino i punti equinoziali.

A questo primo travaglio succede quello della comparazione dei fatti, che vogliono essere opportuni, multiplici e varj nelle circostanze; perché le leggi generali risultano e sono quasi inviluppate in tanti casi particolari. Giova moltissimo riguardare i fenomeni coesistenti ed i successivi, lo stato presente ed il passato, le circostanze prossime e le remote, come ancora considerare ad una ad una le forze, e quando queste sono cospiranti, o pure quando, bilanciandosi, mettono la natura in uno stato di apparente riposo. Non di rado ci conforta il comparare i grandi ai piccoli fatti, e trasportare dal grande in piccolo; o pure, al contrario, riferendo i fenomeni ai nostri esperimenti, e dai nostri esperimenti passando ai fatti della natura. Con questi e altri simili argomenti possiamo prender fiducia di stabilire le gran fasi dell'universo, i periodi dei gran cangiamenti, il ritorno di questi periodi, le leggi secondo cui si governano i corpi, le cause delle loro vicende, l'uniformità in somma nella mobilità delle forme e nella varietà delle apparenze.

Sono prima d'ogni altro da riferirsi le nostre osservazioni ed esperienze alla verità ed ai fenomeni già conosciuti. Per la familiarità che abbiamo coi fatti già noti e con sodezza stabiliti, o per l'uso di esprimerli con brevità, duriamo minor fatica nel compararli ai novelli, e ove questi a quelli si possono connettere, il legame loro corre più presto agli occhi nostri, e da noi più chiaro si vede. Siamo di certo sicuri che un pezzo nuovamente ritrovato si appartenga a un'antica colonna, se con tutti gli altri pezzi va esattamente incastrandosi e connettendo. Bradlejo, come discoprì l'aberrazione delle stelle fisse, tra il moto della terra collocandola e la propagazione successiva della luce, spiegò il fenomeno, e tre fatti per il loro legame vicendevolmente rassodò. Anzi sappiamo che per difetto di una tale comparazione tanti grandi uomini, vicini ad arrivare la verità, l'han perduta di vista, lasciando ai loro successori la gloria dell'invenzione. Se Hugenio avesse riferito i suoi belli teoremi sulla forza centrifuga, e le sue ricerche intorno all'evolute alle leggi di Keplero, avrebbe prevenuto Newton nella teorica dei moti curvilinei e nella gravitazione universale; e se Galileo avesse riferito il fenomeno delle trombe d'aria aspiranti alla gravità dell'aria, Torricelli non sarebbe illustre per la costruzione del barometro.

Un metodo assai opportuno a ricavare il desiderato legame della comparazione dei fatti, e a confermarlo già ricavato, è quello di studiare attentamente le corrispondenze che hanno i fenomeni tra loro, cioè a dire: come alcuni variando in pari modo, vanno pure altri modificandosi e alterando; poiché una puntuale corrispondenza d'accrescimento, di diminuizione o di altro ci appresta un segno quasi certo che gli uni agli altri, come causa ad effetto, siano connessi. Perché la quantità de' vapori in un vaso chiuso, sia che questo fosse vôto di aria o pieno, e sia che l'aria fosse più o meno condensata, resta la stessa restando costante la temperatura, ed al contrario cresce o diminuisce come la temperatura si alza o viene meno; si è con giusta ragione argomentato che niente influisce all'evaporazione la forza, come una volta credevasi, dissolvente dell'aria, e che l'evaporazione dipende tutta dalla temperatura. In difetto delle osservazioni, si giunge a indagare la corrispondenza dei fenomeni per la via degli esperimenti. Si colloca il barometro nel vôto, a livello del mare o sulla cima dei monti, e dal salire e scendere del mercurio ben si dimostra che il peso e la molla dell'aria tiene il mercurio sospeso in questo strumento. Ed ove le osservazioni e gli esperimenti non ci favorissero, non sarebbe allora disconvenevole di modificare o distruggere colla nostra mente le cause, affinché coll'occhio dell'intelletto si vedesse a quali vicende in questo caso sarebbe sottoposto l'ordine e lo spettacolo delle cose. E ciò con sicurezza può praticarsi quando dalle supposizioni del nostro cervello siamo in istato, per mezzo della geometria e del calcolo, di ritrarre le conclusioni che per avventura ne potrebbero seguire, come fanno i matematici; perché allora non ci è dubbio, come per lo innanzi più estesamente dimostreremo, che le nostre conclusioni hanno solo e certamente luogo nelle supposizioni da noi stabilite .

Ma siccome la mente nostra nello studio delle circostanze dei fenomeni, e nel comparare, per la moltitudine degli oggetti, si confonde; così l'analisi, dopo d'aver partitamente esaminato i fatti, nell'atto di paragonarli costuma di ridurli in classi. Ogni classe è una raccolta di fatti simili, la quale si rappresenta con un fatto, di cui gli altri sono dipendenti, e che l'analisi va collocando nel suo cammino, come un segnale per non ismarrirsi. Quando più di queste classi sono formate, comincia a riferirle tra esse, comparando i fatti che le rappresentano, e così di mano in mano, finché le verrà il destro di unirli tutti, cogliendo un fatto centrale e primitivo, cui stanno appoggiate le classi, ch'è la causa fisica dei fenomeni. La nostra mente adunque a poco a poco e successivamente vede i rapporti delle cose, e questi va gradatamente estendendo, e poi può sperare di stabilire le leggi generali, o, come dicesi, di generalizzare. Indi è che le formule e le proposizioni generali, che adopra l'analisi quando generalizza, racchiudono le singole classi dei fenomeni, e perciò tutti i fenomeni particolari; e con sì fatte formule forte imprime al nostro intelletto, chiaro ricorda alla nostra memoria, brevemente descrive e con nettezza dipinge i fatti e i varj aspetti della natura.

Ma nel generalizzare non è da seguirsi il costume di alcuni che amano di legare le varie classi dei fatti per mezzo di lunghi raziocinj, mettendo proposizioni, tirando conseguenti, e molto allontanandosi dai fatti medesimi. È tale la debolezza della nostra mente, che camminando al di là dei fatti, e perdendo la loro guida, si smarrisce, presta alle cose le sue forme, e lega i fenomeni colle proprie opinioni, o almeno senza l'avvertimento dei fatti non sarà mai certa della verità e solidità dei suoi ragionamenti. Nel dare adunque ordine a tanti materiali confusi e isolati, o nel connetterli, si ragionerà; ma i nostri raziocinj vogliono essere semplici e immediati conseguenti dei fatti senza più. Debbono essere quasi una seconda classe di fatti che ci somministrano certezza, perché sopra gli stessi fatti si fondano, e dai medesimi immantinente procedono: o pure sono da considerarsi come i fatti medesimi in altra forma espressi; affinché in virtù di questa traduzione avvicinati, e posti, dirò così, in contatto, meglio si vedesse il loro accordo, e più sensibilmente ne risultasse la loro identità. Abbiamo un modello di questa maniera di ragionare in molti luoghi delle considerazioni su i corpi organizzati del Bonnet, il quale, se qualche volta fallì, né poté stabilire di certo la teorica della generazione per difetto di ulteriori osservazioni, ci ha indicato almeno con qual senno ed in che modo sono da incatenarsi i fatti coi nostri raziocinj.

È chiaro, dopo tali considerazioni, che il metodo dell'analisi è quello di ridurre a semplicità e di comparare. Comparando riferisce i novelli agli antichi fatti, studia e osserva la corrispondenza dei fenomeni, li riduce in classi e generalizza. In questo senso l'analisi, che simplifica, è una luce portata da vicino, che ci mostra e rischiara ad uno ad uno e in particolare gli oggetti. L'analisi, che compara, è una luce che in alto e in distanza si mette, ed illuminando uno spazio più grande, più oggetti insieme ci presenta. L'analisi in fine, che generalizza, è una luce collocata sopra un'eminenza che risplende da ogni parte, amplifica molto il campo della nostra vista, e ci fa a un solo sguardo scoprire l'unione dei fenomeni. Ma in ciò fare essa non porta mai la sua luce tanto alta e lontana, che si perdan di vista gli oggetti particolari, perché in questi si appoggia ed è riposta ogni verità. Or siccome la rivista d'ogni singolo fatto non solo fatica l'attenzione, dissipa le forze dell'intelletto, ricerca gran tempo, spesso riesce inutile, perché rotta si trova la catena dei fatti; perciò l'analisi fisica ha, dirò così, i suoi logaritmi, abbrevia la strada, e supplisce alcune volte al difetto dei fatti per mezzo delle congetture, mettendo prima d'ogni altra cosa in opera l'analogia.

L'analogia, ch'è una maniera di argomentare per cose simili, è l'unica regola dell'umana prudenza nelle cose civili, ed il fondamento su cui riposano le scienze naturali. Certi, come noi siamo, che la natura si governa per leggi generali e costanti, e secondo un piano uniforme ed invariabile, siamo con ragione abilitati, conosciuta la somiglianza di molti individui, ad attribuire a questi le qualità che l'osservazione ci assicura di convenirsi ad uno o a più di loro. Col favore di questo metodo, rigettando mille e inutili discussioni sopra ogn'individuo, si guadagna tempo, e giugnendo là dove i sensi alcuna volta non giungono, si legge, come suole accadere, in un solo la storia di molti individui o di più classi. Ma l'analogia più utile ci porge l'ajuto nelle nostre congetture, quando dalla somiglianza degli effetti c'insegna a conchiudere quella delle cause; o al rovescio dalla somiglianza delle cause ci trasporta all'identità degli effetti. C'inspira allora un certo prevedimento, additandoci cause ed effetti non ancora conosciuti, aggrandisce ad un tratto la nostra vista, e dirizzandoci l'occhio alla somiglianza reale delle cose, ci accenna l'unità del disegno tra l'illusione delle apparenze diverse. E comeché questa maniera di congetturare sia ardita, e non senza pericolo di errore, pure è da seguirsi ove si può, considerando ch'è un filo il quale ci potrà scorgere in mezzo alla dubbietà dei fenomeni, ha guidato gl'inventori delle scienze, e ci ha insegnato il moto della terra, la teorica del fulmine, e tanti altri e belli discoprimenti della moderna fisica. Indi Newton pose come canone che agli effetti naturali del medesimo genere siano da assegnarsi, quanto più si può, le medesime cause; ed all'inverso secondo Brugman, alle cause del medesimo genere corrispondono sempre i medesimi effetti.

Se a noi fosse in alcun modo noto il disegno generale dell'universo, l'analogia sarebbe un argomento molto solido, e di leggieri andremmo argomentando la disposizione, l'ordine e la simmetria delle singole parti. Ma come la nostra condizione è quella di trarre da pochi e non ben conosciuti fenomeni il loro legame ed il disegno della natura; così ricercasi grande accorgimento per non cadere in errore, massime che l'immaginazione, la quale presiede alla vista delle cose simili, si piace non di rado di unire quelle che tra loro non si confanno, e lusingando la nostra pigrizia ed il nostro amor proprio, c'illude colle proposizioni generali e colla novità. Ad evitare un sì fatto inconveniente, non dobbiamo recare innanzi quelle somiglianze che diconsi di fine, quasiché noi fossimo da tanto da comprendere i fini altissimi che si propose la natura nella formazione delle sue opere. Né tampoco ristarci all'apparenza, e, dirò così, alla fisonomia degli oggetti, ma cercar le somiglianze in quelle proprietà che principali sono, e più d'ogni altro li distinguono e caratterizzano. Intenti oltre a ciò dobbiamo essere a multiplicare i rapporti di somiglianza; perché quanto più cresce il numero delle proprietà simili, tanto più sodamente si argomenta che in tutto il resto tra loro si accordino. Giova finalmente, nel fondare le nostre analogie, il dimostrare, quando si può, che le differenze, le quali naturalmente ritrovansi negli oggetti di nostra comparazione, sieno pure modificazioni, e non giungano ad alterare i rapporti di loro scambievole somiglianza. L'analogia dunque è un argomento di calcolo, i cui elementi sono la verità, solidità e multiplicità dei rapporti simili, ed i suoi limiti la teorica e l'ipotesi. Quando tutti e tre gli elementi del calcolo concorrono, ed il numero dei rapporti simili va crescendo, va parimente crescendo la forza dell'analogia, e può giungere a segno di approssimarsi molto da vicino alla teorica, senza poterla arrivare giammai; perché la teorica è tutta fondata sopra i fatti, là dove l'analogia si attiene in parte ai fatti ed in parte al raziocinio, che argomenta sopra i fatti. L'analogia dunque ha una scala, e misura i varj gradi di sua probabilità sopra i gradi diversi di avvicinamento alla teorica: né ci potrà mai somministrare certezza, ma solo una massima probabilità, che tien luogo pressoché di certezza, com'era quella del moto della terra, prima che Bradlejo ce n'avesse dato una dimostrazione diretta. Quando poi uno degli elementi manca, ed il numero dei rapporti simili è molto piccolo, va scemandosi la probabilità dell'analogia, e va in corrispondenza avvicinandosi all'ipotesi, senza che colla medesima si possa confondere; perché l'analogia per quanto sia debole, appoggiandosi sopra i fatti, è più che una semplice supposizione, che ha il suo fondamento nel cervello che la crea. Non sarà quindi conceduto di rovesciare le analogie colle ipotesi, siccome l'annunziò chiaramente Newton dicendo, che nella filosofia naturale le proposizioni tratte da fenomeni per analogia, debbono esser tenute come vere o pressoché vere, non ostante le ipotesi in contrario, finché si discopriranno alcuni fatti che render le potessero o più certe, o soggette le proveranno a qualche eccezione.

A parte dell'analogia usa l'analisi dell'induzione. Questa di sua natura ad altro non intende che a raccogliere da tanti casi particolari una proposizione che tutti li racchiuda. In questo senso presiede alla riduzione dei fatti e dei fenomeni in classi, ed è uno strumento dell'analisi che generalizza per via d'induzioni particolari. Ma alcuna volta non è scrupolosa e severa, e si permette delle vie indirette per favorire le nostre congetture. Quando i fatti non ci danno indizio o sospetto del principio da cui derivano, introduce un metodo di eliminazione, o sia cerca di escludere le cause apparenti per avvicinarsi alla vera, e tira in questo modo gran profitto dagli stessi errori, perché ogni errore conosciuto è un'eliminazione già fatta. Ed in verità, ristretto il numero dei principj, e conosciute le vie degli errori, possiamo, mirando ai fatti, scorrere con più facilità il diritto sentiero che ci guida alle cause vere delle cose. A questo artifizio ebbe ricorso Hallejo indagando l'origine dei fonti, ed al medesimo si sono spesso rivolti nelle loro speculazioni i grandi uomini, che per la loro sagacità sono i soli che sanno usarlo e ricavarne utilità. Keplero, ricercando il rapporto che passa tra i tempi delle rivoluzioni e le distanze dei pianeti, ritrovò prima falsi molti di questi rapporti, e poi in quello s'imbatté dei quadrati dei tempi periodici e dei cubi delle distanze medie. Il metodo poi più utile e confacente alla nostra debolezza, che ci suggerisce l'induzione, è quello di ricavare dai fatti i principj, e poi estendere i principj coi fatti, ed alternando contemplare le opere della natura, ora nel tutto della loro struttura, ed ora nel rapporto delle loro parti. Siccome sono tanto varie e mobili le forme dei fenomeni particolari, che diverse non solo, ma eziandio contrarie ci sembrano alcune volte le apparenze dei fatti; così resteremmo confusi, ed inutili riuscirebbero i nostri sforzi, se costretti fossimo ad argomentare dalla singola inspezione dei fatti l'unità del principio che tutti li signoreggia e dichiara. Per conforto adunque della nostra mente, si è con senno introdotto il metodo di elevarci prima, dai principali e più chiari fenomeni, per via d'induzioni, al conoscimento delle cause, e di ritornare poi e quasi scendere dalle cause argomentate alla spiegazione dei fenomeni particolari che oscuri erano, e dubbia e qualche volta contraria ci mostravano l'apparenza. S'interpetra allora la natura come si fa una scrittura, in cui leggendo alcune parole qua e là sparse, isolate e meno oscure, si trova l'opportunità di diciferare quei caratteri ed il senso di quelle parole che da principio erano per noi inintelligibili. Così Newton lesse in alcuni fenomeni l'attrazione, e poi coll'attrazione gli venne fatto di ridurre quei movimenti che a prima vista faceano sembianza di rovesciarla.

Io so bene che vi hanno alcuni che, cauti come sono e severi, sdegnano questa maniera di congetturare, e seguendo i soli fatti, non vogliono usare questi metodi che incerti sono e capaci di condurci in errore. Ma non so approvare tanta scrupolosità, come quella che nuoce al progresso delle scienze. È tanta e tale l'oscurità in cui è involto il legame dei fenomeni, che se la mente nostra non fosse prima avvertita di un principio, non lo saprebbe di certo riconoscere e svolgere in tante modificazioni ed in tanti casi particolari in cui è nascosto, e trovasi confuso con molte circostanze straniere. Nella dubbia strada delle fisiche ricerche, conviene orientarci per non smarrirci, e giova grandemente di salire di quando in quando sopra un'altra, e di là pigliare la linea di direzione per non perderci. Per altro il nostro spirito, come debole, deve congetturare prima di conoscere; e perché è dotato d'una certa molla, è capace di quei salutari sforzi per cui prevede da' fatti il loro rapporto generale. Chi volesse adunque togliere le congetture, mal conoscerebbe la nostra mente e la grandezza della natura, e ritarderebbe di certo l'avanzamento delle scienze, in cui le congetture hanno sempre preceduto e debbono precedere le teoriche. Non mi so poi accostare ad altri, di cui abbonda la nostra età, che vogliono tutto supplire colla loro testa, ed illusi dalla propria immaginazione architettano all'infretta sistemi, o pure presi di vanità non curano di accertare i fatti, e di lancio fabbricano principj generali, per trovar i loro nomi nella lista degli autori. Questa classe di persone è di certo pericolosa, intralcia la via delle scienze, e poco rispetto porta alla verità. Due sono i casi in cui viene meno ogni congettura, ed il fisico deve ristarsi dal ragionare. Il primo si è quando gli oggetti delle ricerche o sono fuori dei nostri organi, o ad altri si attengono, che sono oltre la portata dei sensi; perché mancando allora gli strumenti del nostro conoscere, mancherà di certo ogni ragionamento, e riuscirà vana ogni congettura. E senza dubbio, se nelle scienze trascurata non si fosse una tale precauzione, che per altro pare tanto naturale, non si sarebbero esaurite inutilmente le forze dell'umano intelletto, e sarebbe venuta meno la sorgente di tanti arzigogoli e di tante stravaganze. L'altro si è quando i fatti, su cui debbono fondarsi le nostre congetture, non sono solidi, né multiplici o bastevoli ad indicarci le vere cause. Imperocché senza i dati necessarj, non ostante tutti i nostri studi, la soluzione del problema riuscirà sempre incerta ed indeterminata, e con pochi fatti e molto raziocinio saremo costretti a trasportare i nostri imperfetti strani pensamenti nelle opere della natura. In questo scoglio sono stati spinti dalla loro immaginazione tutti gli autori di cosmogonie e di geogonie, i quali, con picciolo numero di fatti e con pochi rottami dispersi qua e là, e sformati e rosi dal tempo, hanno impreso a disegnare le parti, la forma, le proporzioni e la simmetria del mondo e della terra primitiva, quasiché assistito avessero alla creazione e formazione delle cose. Io non intendo con questo di negare la debita lode ai talenti del Wiston, Burnet, Woodward, Buffon e di tanti altri, che nell'ordire i loro speziosi romanzi hanno arricchito di utili scoverte la storia naturale, e non poche verità per gran ventura insegnato; ma dico soltanto, che vaghi di sciogliere un problema senza i dati sufficienti, è convenuto loro d'imbattersi in supposizioni arbitrarie, e di ragionare sull'equivoco verisimile, che nell'arena dell'immaginazione tien luogo di certezza, e mischiare così la favola colla fisica. Di che è avvenuto che noi, egualmente impazienti che gli antichi, siamo nello stesso errore caduti, con la differenza che quelli, fabbricando senza fatti, ci hanno lasciato dei poemi metafisici, e noi, sopra pochi fatti alcuna volta immaginando, andiamo di tempo in tempo formando de' fisici poemi. Bisogna dunque porre freno alla nostra immaginazione ed alla nostra vanità, e sacrificando alla verità la bizzarria della novità, aspettare che cresca prima e si assodi il numero dei fatti, e poi arrischiare le nostre congetture. Bisogna persuaderci, come i più sennati fanno, che vie più si promuove il progresso delle scienze colla scoverta di un nuovo fatto, che con mille ingegnosi sistemi, varj così ed instabili, com'è volubile ed incostante l'immaginazione che li crea. Al più, quando abbiamo molti fatti slegati e confusi, ci sarà permesso di ordinarli, e dar loro un punto comune di appoggio; affinché la memoria facilmente li ricordasse, e l'intelletto meglio l'abbracciasse, come sogliono costumare i botanici colle loro classificazioni; ma allora sono da tenersi come puri metodi di abbreviazione senza più. Usando di questa moderazione, non perde lo spirito umano la facilità e la naturale attività a congegnare sistemi, e non si reca alcun torto alla verità: si mostra nello stesso tempo il desiderio che noi abbiamo di conoscere la causa dei fenomeni, ed il timore d'ingannarci nell'assegnare la medesima; o sia all'immaginazione si unisce il giudizio e la severità, che sono le qualità le più favorevoli al progresso dei lumi e delle scienze.

Esposte le precauzioni necessarie con cui dalla cognizione dei principali fatti si può elevare il nostro intendimento ai principj generali, e da questi scendere alla spiegazione dei particolari fenomeni, è ora da confessarsi che l'induzione, nell'istesso modo che l'analogia, è un argomento di calcolo e di probabilità. Gli elementi di questo calcolo sono il numero dei principj che spiegano ed il numero dei fenomeni spiegati. Cresce tanto più di forza ed acquista tanto più di probabilità questa maniera di congettura, quanto più si scema il numero dei principj e quanto più si accresce il numero dei fenomeni dichiarati; perché colla diminuzione degli uni e coll'aumento degli altri ci avviciniamo alla teorica, che vuole unità di principio, e ricerca intera e generale spiegazione dei fenomeni, o sia allo scopo cui mirano tutte le nostre congetture. Copernico, per ispiegare i moti apparenti degli astri, dié alla terra tre movimenti: l'uno attorno il sole, l'altro di rivoluzione sopra sé stessa, ed il terzo dei poli della terra intorno a quelli dell'eclittica. Ora il principio della gravità li fa tutti dipendere da un solo moto, impresso alla terra secondo una direzione che non passa pel centro di gravità della medesima, e lega i fenomeni che prima erano isolati. Il principio dunque della gravità, per sola ragione di calcolo, vince i pensamenti di Copernico, e deve sopra d'ogni altro prevalere. Ma per menomare i principj, o ridotti i principj ad un solo, per estenderlo coi fatti ed applicarlo ai singoli fenomeni, spesso si ha di bisogno del calcolo, e l'induzione come pure l'analogia, per assodare le loro congetture, debbono spesso ricercare l'ajuto dell'algebra e della geometria, che ci sogliono gran conforto apprestare nella ricerca delle cose fisiche.

Trattandosi dell'influenza delle pure matematiche nella fisica, conviene prima d'ogni altra cosa accennare l'utilità che ci ha recato il calcolo nello stabilire la certezza dalle nostre osservazioni e dei nostri esperimenti, o sia nel fondare la verità dei fatti. È cosa da tutti conosciuta, che per la varia disposizione dei nostri organi, o per quella degli strumenti, o per il continuo movimento che hanno gli esseri in natura, le osservazioni e gli esperimenti, per quanto si replicassero e diligentemente si dirizzassero, non sono mai uniformi, ma sempre tra loro più o meno si differiscono. In mezzo a questa perpetua diversità di risultati è il calcolo che rassicura la nostra dubbiezza, ci guida colle probabilità, e ci conduce molto vicino alla verità ed alla esattezza. Scoprendo, come di fatti è, che il caso più probabile sia quello in cui gli errori in più ed in meno egualmente si allontanano dalla verità, e che le differenze positive e negative in tale caso mutuamente si distruggono, ci ha insegnato a cercare tra tutti i termini, in cui sono espresse le varie osservazioni, il termine medio aritmetico, come quello che più al vero devesi avvicinare. Anzi trovando per avventura tra molte osservazioni una che un errore positivo molto notabile introduce, senza che un altro ce n'abbia negativo che lo possa in corrispondenza distruggere, o pure al contrario un errore negativo, senza che ve ne sia un altro egualmente positivo, ci ha avvertito a rigettarla, consigliandoci a pigliare il medio aritmetico tra i termini residui che meno si differiscono; perché è più probabile che un sì fatto errore, il quale più dagli altri si discosta, sia egualmente più lontano dalla verità. Il calcolo parimente ci ha raccomandato di adoprare i nostri strumenti, ora in un senso ed ora in un altro opposto; affinché gli errori in questo modo compensandosi, per via del loro medio ci potessimo vie più avvicinare al termine vero. Il calcolo infine ci ha definito i limiti dentro cui si possono ristrignere gli errori, e ci ha indicato così fin dove giunger possa la fiducia sulla verità o certezza dei nostri risultati. Ma questi ed altri utili insegnamenti, che ritrarre si possono dall'arte di congetturare di Giacomo Eulero, dagli opuscoli fisicomatematici di Lambert, di Condorcet e di altri valorosi geometri, io tralascio ben volentieri, credendo più convenevole di qui rapportare in che modo l'analisi algebrica e la geometria ci scorgano nell'ordire e ridurre in sistema i fatti della natura.

Siccome ignoriamo le dimensioni assolute dell'universo, e solamente conosciamo le proporzioni delle sue parti; così spiegare i fenomeni non è altro che scoprire la proporzione che passa tra la causa ed i fatti della natura, e le leggi che da noi si ritraggono, non sono che l'espressione di questa proporzione. E comeché varj e diversi ci compariscono i fenomeni, o per la loro grandezza o per la loro picciolezza; pure sono e restano sempre i medesimi, perché dichiarare i varj e multiplici fenomeni della natura non è altro che dimostrare costante la proporzione tra la causa e gli effetti. Indi è che i fenomeni sono risultati matematici di poche leggi generali, secondo i principj geometrici furono da prima disposti, e di continuo a tenore dei medesimi si combinano. Le matematiche adunque si debbono in primo luogo riguardare come la scala, con che il nostro spirito misura i rapporti dei fenomeni, e va ricavando in mezzo alle loro varietà la costante proporzione cui stanno immutabilmente sottoposti. E come sono di loro natura esatte e precise; così alle matematiche è solamente conceduto di apprezzare la squisitezza delle misure della natura, e per questo solo mezzo può supplire il nostro spirito all'immenso intervallo che corre tra l'imperfezione dei nostri organi e la precisione dei fenomeni. Né solo misurano con certezza, ma in breve esprimono e chiaramente annunziano tutte le loro misure, per cui le matematiche si possono in secondo luogo considerare come linguaggio. I fatti espressi in questa lingua non si presentano più confusi ed impacciati, la loro comparazione si fa più pronta, il loro legame diventa più semplice, la loro multiplicità si riduce ad una formula, la loro varietà sparisce, e mostrano a prima vista il principio cui tutti si riferiscono. E sebbene così l'algebra come la geometria sieno da tenersi per misura e per linguaggio; pure in maniere diverse ci confortano nella investigazione delle cose fisiche. La geometria ci descrive l'immagine dei movimenti dei corpi, riduce in linee le forze da cui sono sospinti, sottopone ai nostri occhi come queste si equilibrano, ed in quale proporzione si uniscono, perché questa o quella curva trascorrano. L'algebra piglia i fatti, ed isolandoli dagli oggetti cui si appartengono, li traduce prima nella sua lingua ch'è generale, e poi da questa espressione fondamentale, connettendo una lunga e non interrotta catena di raziocinj, ritrae tutti i conseguenti. Ma non raccomanda questi raziocinj al nostro intendimento, che debole com'esso è, stancandosi o smarrendosi verrebbe meno; anzi con singolare artifizio li trasmuta ed involge in forme meccaniche, sottoposte a regole certe ed invariabili, e mostrandoci il punto da cui partiamo e quello cui arriviamo, dall'uno all'altro quasi cogli occhi bendati ci conduce, per non poter declinare dalla diritta via. Indi è che i dettati dell'analisi sono certi ed infallibili, e che la fisica e le scienze in generale, rigettate le opinioni, altro oggi non ammettono che i fatti ben discussi ed i risultati del calcolo, come i soli ch'eterni sono e non soggetti ad errore.

Essendo i risultati del calcolo conseguenti certissimi dei principj stabiliti, e legandosi intimamente e con eleganza ai fatti che dall'osservazione e dall'esperimento si ricavano, divengono essi la prova e come la pietra di paragone a cui si può riconoscere la verità o la falsità delle nostre congetture. Quando incerti e dubbj siamo alla vista di più cause, che tutte verisimili ci sembrano, e adatte a spiegare i fenomeni, paragonando i risultati del calcolo con quelli delle osservazioni, si ferma la nostra incertezza, e si determina con fondamento la nostra scelta. Tante volte spiegati già alcuni fenomeni, non si sanno gli altri ridurre, perché non si sa ancora la legge secondo cui si modifica la causa che li produce; ed il calcolo allora, mettendo per dati i fenomeni non dichiarati, va trovando in qual modo si varia la causa; o pure modificando in più versi la causa, quella legge discopre secondo cui i conseguenti analitici sono conformi alle osservazioni ed ai varj fenomeni. Posta la causa fisica insomma, a noi indicata dall'analogia e dall'induzione, come dato, ove i risultati del calcolo convengono coi fenomeni osservati, abbiamo di certo una prova che la causa argomentata si convenga agli effetti, ed appartener si voglia alla classe dei fatti. Newton mise prima l'attrazione come principio, e di poi venne dimostrando col calcolo che i corpi celesti, in virtù dell'attrazione, debbonsi muovere, come di fatti si muovono; senza di che ci avrebbe dato le idee fisiche del suo sistema, ma sfornite di forza e della prova conveniente. In questo senso volgarmente si dice che la fisica ci appresta il come, congetturando la causa dei fenomeni, ed il calcolo il quanto, dimostrando la necessaria corrispondenza tra la causa argomentata e gli effetti osservati.

Essendo il calcolo lo strumento più adatto alla misura degli effetti, e perfezionandosi la spiegazione dei fenomeni col dimostrare esatta e costante la proporzione tra la causa e gli effetti, considerati in tutte le modificazioni ed in tutti i casi particolari, hanno cercato i più valorosi algebristi di trovare nuovi mezzi per apprezzare il grado d'intensità di cui ogni effetto è capace a tenore che variano le cause che lo producono, e le circostanze con le quali suol essere accompagnato. Ci hanno di fatto somministrato i metodi grafici, con cui si descrivono e si rappresentano sotto una forma sensibile gli aumenti e i decrementi, e in generale le variazioni degli effetti nel modo che ci sono date dall'esperienze e dalle osservazioni . E tali metodi conferiscon di assai a mostrare a prima vista l'andamento e 'l progresso dell'esperienze, prima che da noi si cercasser di legare per mezzo di formule numeriche. Biot costruì graficamente l'esperienze eseguite dal GayLussac per conoscere la corrispondenza tra i gradi dell'igrometro e le tensioni del vapore acquoso a 10° del termometro centigrado, e corse immantinente agli occhi che queste esperienze formavano una iperbole in cui le tensioni rappresentan le ascisse, e i gradi dell'igrometro le ordinate, la cui concavità è rivolta all'asse dell'ascisse, e poté di poi applicarvi le formule, e trarne i valori corrispondenti e stabilirne una tavola . Ma gli algebristi, quel ch'è più, ci hanno apprestato i metodi d'interpolazione, col favore de' quali, poste per dati le osservazioni, si ritrovano i risultati intermedj, si correggono le anomalie dell'esperienze, si stimano gli errori de' nostri processi e le imperfezioni de' nostri strumenti, si scopre il progresso delle variazioni, si stabilisce il ritorno di certi cangiamenti, in una parola, si determinano con esattezza le leggi dei fenomeni. Questo metodo ha per oggetto di trovare una equazione tra due o più variabili in modo, che assegnato un valore determinato ad una o a due di tali variabili, ne risultano dei valori determinati per la seconda e la terza. Indi è che il problema dell'interpolazione ha due parti: l'una di soddisfare ai numeri dati dall'osservazione e dall'esperienza; ed a ciò fare abbiamo già delle regole sicure e generali: l'altra è quella di cercare tra tutte le funzioni che soddisfano ai numeri dati, quella che si convien ai fenomeni di cui si desidera la legge; perché ogni fenomeno, riguardato come commensurabile, si rapporta sempre ad una funzione che deve rappresentarlo ad esclusione d'ogni altra. E comeché la soluzione di questa seconda parte, ad onta degli sforzi ostinati dei più grandi algebristi, non siasi finora potuto sottoporre a regole costanti e generali, massime quando il numero dell'esperienze e delle osservazioni è piccolo, e non abbraccia una grande estensione; pure coll'attenta riflessione ad ogni circostanza ed al progresso dell'esperienze, tentando ed usando della scienza delle combinazioni, si è più volte giunto, almeno dentro a certi limiti, a disporre le osservazioni in modo che i rapporti si scoprissero, i risultati, l'unione e la legge delle variazioni de' fenomeni. Basta a farci conoscere le difficoltà nell'usare di sì fatto metodo, e l'utile insieme che se ne può ricavare, la formula che fu dal Biot adattata all'esperienza del Dalton sulla forza elastica de' vapori a gradi diversi di temperatura. Poiché dalla formula si ebbe una tavola ch'è per poco concorde all'esperienze, e segna la forza elastica de' vapori sino a 130° centesimali; ma dalla medesima ricavar non si può la forza elastica de' vapori corrispondenti ai gradi che oltrepassano i 130°. Il che ci fa segno che sebbene la formula, forse per difetto di esperienze, non possa aver luogo per tutti i gradi, e che perciò non sia la vera e generale; pure è bastevole a indicarci la quantità elastica dentro certi limiti, che sono compresi tra 20° sotto lo zero, e 130° al di sopra . Altre simili ed utili applicazioni dell'algebra si sono fatte, e molte altre con singolar profitto della fisica e delle arti se ne faranno, se i travagli dei più illustri matematici della nostra età giungeranno una volta a render generale e perfetto in tutte le sue parti il metodo dell'interpolazione. Basteranno allora poche esperienze e poche osservazioni per stabilire la legge de' fenomeni, si conoscerà la funzione d'ogni effetto riguardato come commensurabile, il linguaggio della fisica diventerà analitico, la spiegazione dei fenomeni si estenderà facilmente a tutti i casi particolari, e quel ch'è più, le scoperte teoretiche si rivolgeranno ai bisogni della società, sapendosi a quale grado ed in quale punto gli agenti della natura si possono adoprare per agenti meccanici.

L'algebra supplisce non solo e corregge le esperienze, scoprendo la legge dei fenomeni; ma non di rado eziandio, più pronta a sviluppare in tutta la loro estensione i principj che noi non siamo ad osservare, e più dilicata che i nostri grossolani strumenti non sono, ci predice delle verità inaspettate, e ci annunzia le scoverte da farsi e le cose da osservarsi, che non sono ancora osservate. Il calcolo infatti ci ha manifestato tante ineguaglianze nella luna, che l'osservazione a stento avrebbe potuto discoprire; ci ha mostrato il moto di rotazione di Saturno prima che il movimento delle sue macchie ce l'avesse indicato; il calcolo ci ha rivelato che Urano, di cui tutti i satelliti si muovono in un piano perpendicolare all'ecclittica, gira rapidamente sopra sé stesso attorno ad un asse alquanto inclinato a questo piano; ed il calcolo è inteso al presente a sviluppare i veri valori dei cangiamenti secolari che l'azione dei pianeti produce negli elementi del sistema solare, per conchiudere e pesare con precisione la massa di quei pianeti che compariscono sforniti di satelliti. E ben lo potrà, essendo tanta e tale la forza dell'analisi algebrica, che dai fatti sensibili ed apparenti giunge a penetrare quei che nascosti ed insensibili sono, e dalle osservazioni presenti va maravigliosamente conoscendo il passato insieme ed il futuro.

Lungo sarebbe il riferire più oltre quanto le matematiche favoriscono, e quanta utilità promettono alle fisiche discipline. Da che Cartesio con sottil pensamento estese il calcolo delle grandezze in generale a tutte le quistioni che hanno per oggetto la misura dell'estensione, si comprese benissimo che si potea applicare ai fatti della natura, né si è sin d'allora trascurato di condurre le verità fisiche al rigore del calcolo, per cui gran profitto ne han tratto la fisica, la meccanica, le arti e i mestieri. Coll'ajuto del calcolo, non è guari, si son conosciuti e misurati gli effetti del calorico, che prima ci erano ignoti e reposti, ed abbiamo or ora veduto ridursi il magnetismo per opera dell'Ampère ad elettricità. Ed in generale si può dire che la fisica a dì nostri si è aggrandita ed innalzata a maggior dignità per mezzo del calcolo, che corre pronto ad ajutarla in tutte le sue ricerche. Di fatto la fisicomatematica si è ita sempre più accrescendo; perciocché non solo si è ampliata nell'ottica per le novelle proprietà discoperte nella luce, e per la dichiarazione dei fenomeni della diffrazione; ma si è arricchita altresì di trattati novelli colla dottrina elettrodinamica e colla teorica matematica del calore. Ma a raccogliere il desiderato frutto da una sì fatta applicazione, ricercasi molto giudizio e somma circonspezione. Imperocché essendo l'oggetto delle matematiche speculativo e semplicissimo, come sono le relazioni delle quantità, de' numeri e delle linee, non si possono direttamente applicare se non a quelle cose i cui rapporti si valutano con esattezza, e capaci sono di una misura precisa. Perché dunque i soggetti fisici divenissero argomenti matematici, conviene spogliare i corpi della più parte delle loro fisiche qualità, e riguardarli d'una maniera tutta astratta ed intellettuale. Il corpo del fisicomatematico non è quello de' matematici, perché vi considera qualche fisica qualità, né quello dei fisici, perché lo spoglia di molte proprietà, che lo renderebbero incapace delle misure matematiche, ma un corpo, dirò così, neutro. I pianeti alla vista de' fisicomatematici sono tanti punti animati dalla gravità, una leva è una linea inflessibile, e i corpi in meccanica non sono che potenze e resistenze senza più. E però gli argomenti, che oscuri sono e molto intralciati, non si lasciano signoreggiare e domare dai calcoli e dalla geometria. Poiché per ridurre i corpi a soggetti matematici, o si spogliano di quelle proprietà, senza le quali altri divengono di quello che sono, o pure per mezzo di supposizioni gratuite si accomodano al calcolo; e nell'uno e nell'altro caso si cangiano i corpi in esseri astratti ed ideali, e si corre pericolo, come suole avvenire, di trasportare i risultati immaginarj agli esseri reali. E siccome la natura nel creare i corpi non pensò al comodo dei matematici, ed alla facilità dei calcoli, ma li rivestì di molte qualità, senza le quali corrisponder non possono ai fini altissimi ch'ella si propose; indi è che la fisica particolare non può sempre ricever conforto delle speculazioni dei geometri. Si è felicemente applicato il calcolo al sistema del mondo, che in sostanza riducesi ad un gran problema di meccanica; perché considerandosi come nulla l'azione delle cause secondarie sopra i corpi celesti per la distanza immensa che li separa, chiaro dimostrano le forze principali da cui sono sospinti, e i loro moti hanno un rigore ed una precisione matematica. È un argomento di matematica la meccanica razionale, come quella che, astraendosi dai corpi, dimostra il gioco, l'equilibrio e gli effetti meccanici delle forze, sebbene, non essendo ancora pervenuta a rendere insensibile l'effetto di non poche inesattezze, che attualmente sono inevitabili nella teoria, sia obbligata a consultare l'esperienza, per ridurre ad effetto i suoi macchinamenti, e sia costretta a modificare le sue leggi secondo la norma e gl'insegnamenti della pratica. Si è infine applicato con felice ventura il calcolo alla luce, al calorico, alla elettricità; ed il calcolo e la geometria ci han servito di guida ne' fenomeni della cristallizzazione, additandoci le forme e le figure regolari e costanti che pigliano gli elementi dei corpi in natura. Ma quando i soggetti fisici sono oscuri, debbonsi rischiarare coll'esperienza e coll'osservazione, non già col calcolo e coll'algebriche equazioni, perché misurare non si possono con esattezza quelle proprietà che non ci sono abbastanza note. Quando del pari sono confusi ed intricati, non son capaci di precisione e di calcolo; perché l'algebra, impacciata dalla multiplicità degli elementi, è costretta a trascurarne alcuni, che la natura vuole e vi comprende. Al più in alcuni casi si può adoperare il calcolo per misurare la probabilità de' principj, per definire alcuni limiti, dentro cui sta racchiusa la verità, e per avere qualche risultamento, se non esatto, almeno molto convergente verso i fatti. Non sono certo da imitarsi quei medici algebristi che han tentato di ridurre a calcolo l'arte di curare i morbi, trattando la macchina umana, che è molto inviluppata, come se la più semplice fosse e la più facile a scomporsi.

Ma ancorché gli argomenti delle nostre ricerche si prestassero alla misura del calcolo, pure è da avvertire, in secondo luogo, che i dettati dell'algebra allora sono certi quando solidi e certi sono i fatti sopra i quali si riposano. Poiché essendo le matematiche uno strumento del nostro spirito, con cui misura i rapporti de' fenomeni, l'intensità delle forze e degli agenti, e la proporzione tra la causa e gli effetti: ne segue che con indifferenza adattar si possono alle verità ed agli errori, come il metro ed il palmo fa a qualunque maniera di lunghezza. Sono state di fatto egualmente cortesi ai vortici di Cartesio e all'attrazione del Newton, con eguale impegno hanno inteso ora ad allungare ed ora a schiacciare i poli della terra, e colla stessa destrezza si sforzano oggi a dichiarare i fenomeni della doppia refrazione coll'ipotesi dell'emissione, o con quella delle ondulazioni. Il momento adunque delle matematiche tutto dipende dai dati e dalla verità dei fatti che prendono a misurare, e le formule algebriche e le speculazioni geometriche mancano, mancando le osservazioni e gli esperimenti sopra i quali si debbono stabilire. Per lo che il fisico deve porre prima ogni studio a fondare con certezza i fatti, e sempre dai fatti passare al calcolo e dal calcolo ritornare alle osservazioni, come quelle che sole possono realizzare le sublimi immagini della geometria, e trasformare i risultati analitici in leggi di natura.

Ci sia in fine conceduto di avvertire che al presente del calcolo e della geometria in alcun modo si abusa. Sicuri i fisici degl'ingegni dell'analisi, le loro esperienze all'infretta ci descrivono in curve, e di formule algebriche le vestono per provar la desiata corrispondenza tra gli esperimenti e le loro ipotesi, e dare a queste colle forme analitiche una vistosa talora ed apparente sodezza. Ma non di rado vengono delle esperienze novelle a turbare le leggi da loro poste, insufficienti le additano a spiegare le circostanze tutte dei fenomeni, mal determinati dichiarano i coefficienti delle loro formule, e queste inopportune dimostrano a rappresentare i fatti con esattezza e precisione. Che se muovesi disparere e contrasto tra i pensamenti de' fisici, si veggono allora pugnare calcoli con calcoli, e formule con formule, e dubbia resta la vittoria, finché nuove esperienze non giungano a deciderla; perché la verità è riposta ne' fatti della natura. Biot e Brewster sono stati non ha guari discordi in più punti sulle leggi della polarizzazione mobile, e Biot e Fresnel del tutto contrarj; e sebbene siasi molto piatito, e sia ancor l'Arago entrato in lizza contro il Biot, pure prende ancora, non ostanti le loro formule, indecisa la gran lite. Ciò non pertanto è da confessare che nello stato attuale in cui le scienze fisiche si coltivano da sommi ingegni in mezzo a gran nazioni, che loro porgono ogni maniera di conforto, e rapido e continuo è il commercio de' lumi, e fervido è l'ardore degli scienziati a coglier gloria nelle vie del sapere, l'abuso del calcolo non reca quel male che di per sé avrebbe potuto in altri tempi recare. Poiché sebbene questi e quegli fidandosi della forza potente dell'analisi corra licenzioso ad ipotesi, e trasformi a sua posta l'esperienze coll'orpello delle formule; pure ciascuno è sollecito nelle diverse regioni di Europa di mettere i fatti in esame, e dei nuovi ne reca: ed eccitandosi così il contrasto e la gara s'imprendono delle vie non ancor conosciute, si trovano ordini novelli di fenomeni, si giunge talora in mezzo al trambusto delle controversie alle più brillanti ed inaspettate scoverte. Per altro il motto di ordine è già dato, fatti, i corpi accademici presiedono e discutono, né si concede la palma che agl'inventori della verità, o a quelli che già trovata in pro la rivolgono della società. Trattandosi in fatti della polarizzazione, molte e nuove esperienze si sono recate, altre verità sonosi conosciute sul numero e la posizione degli assi de' cristalli, nuovi strumenti sonosi costrutti, si è fondato ed ampliato un ramo novello di conoscenze fisiche, e se non altro, si è già dimostrato che i fenomeni della polarizzazione sieno stretto legati con quelli degli anelli colorati, e cogli altri della diffrazione, sebbene ancora non siesi giunto a stabilire con certezza e sodamente quale sia il legame che li stringa e connetta .

Queste sono le vie per cui si arriva al discoprimento delle cause fisiche. Si studia la natura per fatti separati, perché questo studio si conviene più d'ogni altro alla nostra debolezza ed alla grandezza dei fenomeni. Si comparano i fatti già studiati, perché colla sola comparazione si conosce la relazione de' fenomeni, e conosciuto il legame, si generalizza. Nella comparazione ci è di ajuto il calcolo, come quello che misura le relazioni e le proporzioni delle cose, e l'analogia e l'induzione, come le sole che, poggiando sopra i fatti, somministrar ci possono una fondata congettura. Congetturare in questo senso non è altro che disegnare ed abbozzare il piano e l'ordine che si conviene ai fatti esaminati. Questo schizzo sarà sempre imperfetto se non si confronta col gran modello, che è la natura; perché essa ci dovrà indicare per mezzo del paragone se le linee da noi tracciate rappresentano le vere immagini delle cose, o pure i fantasmi della nostra mente. Il fisico adunque, dopo aver tratteggiato il suo piano, dovrà ritornare ai fatti, per correggerlo, contornarlo e ridurlo a perfezione, o sia non deve mai ristarsi dall'osservare e dallo sperimentare, finché dal dubbio non passi al certo, dal sospetto al fatto e dal sistema alla teorica. Mentre questo non si è fatto, o, per dir meglio, mentre la natura non ha ancora approvato i nostri pensamenti, tutti i nostri raziocinj, per quanto belli, sodi e veri ci compariscono, non sono che sistemi, nostre maniere di vedere, metodi di abbreviazione, e semplici congetture che possono venir meno e distruggersi, e ci somministrano al più probabilità, e non mai certezza. Indi è che i sistemi e le congetture sono sempre indici di nuove fatiche e di nuove ricerche, e che l'invenzione è riposta tra i fatti che fondano le congetture, e quelli che le verificano; perché ivi è collocata la verità. Quantunque innumerabili analogie avvertissero Franklin dell'identità del fulmine e del fuoco elettrico artificiale, pure fu sempre dubbio ed irrequieto, finché non chiamò il fulmine alla sua obbedienza per mezzo del cervo volante, e non lo trattò come il fuoco delle nostre macchine.

Potrà dopo tutto ciò sembrare ad alcuno per avventura, che non ammettendo per causa fisica de' fenomeni un fatto di cui s'ignora la natura, e che ragion fa di tutti gli altri, vorremmo riprodurre le cause occulte degli scolastici, che sono state con tanto impegno bandite dalla moderna fisica. Ma in verità tra l'una e l'altra maniera di cause vi ha grande e molto notabile differenza. Le cause degli scolastici erano principj ideali, arbitrarj e metafisici, ed al contrario le nostre cause fisiche sono fatti di cui si pruova e si conosce l'esistenza. Quelli o non curavansi di sapere; o pure immaginavano i modi secondo cui sviluppavasi l'azione delle loro cause; e noi all'opposto andiamo con gran cura cercando nei fenomeni stessi le consuetudini, secondo le quali le cause costantemente operano, e queste leggi o in parte o del tutto conosciamo, e dimostriamo colle osservazioni e cogli esperimenti. Gli scolastici in somma non aveano segni determinati per discernere quando la causa da loro immaginata operava, né spiegavano le minute circostanze dei fatti, ma la generalità. Noi all'inverso, studiate e raccolte le leggi dei fenomeni, abbiamo caratteri certi e non equivoci onde conoscere quando gli effetti provengono dalla causa stabilita, ancorché ignota ci sia la sua indole e natura, e intendiamo a mostrare la proporzione tra la causa fisica e i fenomeni, in tutti i rapporti, in ogni cangiamento, in ogni posizione e per tutti i gradi di grandezza o d'intensità degli effetti. Ora bastaci il poter assegnare cause vere de' fenomeni per ordinare i fatti e scoprire il legame reale delle cose, ch'è l'oggetto cui dopo lunghi smarrimenti e tante false spiegazioni, sia per senno, sia per timidezza, si sono limitati i nostri desiderj e ristrette le nostre ricerche. Questo metodo fu la prima volta introdotto dal Newton, che spiegò i movimenti dei corpi celesti per l'attrazione, senza sapere cosa era, d'onde si proveniva e come si nascea ; ed oggi è divenuto generale presso di noi, che conosciamo per prova le cause occulte degli scolastici essere ben diverse dalle cause fisiche dei moderni; perché con quelle si esprimeva solamente la nostra ignoranza in riguardo alla spiegazione dei fenomeni, e con queste si sviluppa l'ordine reale che hanno le cose in natura, ch'è la vera ed unica scienza cui forse possiamo arrivare.

Vi hanno poi di quelli che sdegnano le scienze naturali, perché apprestar solamente ci possono probabilità, e non mai evidenza. Ma chi potrà pretendere ad evidenza, trattandosi di cose che nel mondo reale si stanziano? Sono evidenti gli assiomi, perché proposizioni identiche. Sono capaci di evidenza le matematiche, perché astratte e semplicissime, come sono, si lasciano, dirò così, vagheggiare fuori del nostro mondo, e sopra definizioni da noi poste e tra noi convenute si riposano. Per lo resto poi non conoscendosi la natura delle cose, la nostra scienza si risolve tutta nella testimonianza dei sensi, che non sanno, né recar possono evidenza. Ma la costanza de' fenomeni osservati, una successione di fatti simili, ed una ripetizione non interrotta dei medesimi avvenimenti, che sono il fondamento delle nostre fisiche cognizioni, bastano a dar certezza alle verità della filosofia naturale. Che se alcuno più fastidioso in luogo di certezza volesse dir probabilità, io glielo concederò benissimo, purché non mi negherà che con la medesima probabilità si regolano tutte le cose umane, che una tale probabilità non ci ha ingannato giammai, e che la medesima ci muove e ci governa come se fosse certezza. Ma lasciando ai metafisici queste sottili discussioni, giova qui rappresentare ed esporre con quale intendimento e secondo quale disegno sieno stati da noi dirizzati gli elementi di fisica sperimentale.

Siccome i fisici han preso sinora questo e quell'argomento senza un disegno comune colle loro ricerche ad illustrare; così è accaduto che i varj trattati, di cui la fisica è venuta ad arricchirsi, non si sono potuti connettere con un legame vero e naturale, e ciascuno autore d'instituzioni prima o dopo a suo senno l'ha sinora disposto ed ordinato. A ridurre quindi gli elementi di questa scienza ad un ordine stabile e certo, mi venne in mente, anni sono, di rivolgermi alla spiegazione de' fenomeni, e questi dividendo in celesti, atmosferici e terrestri, a ciascuna di queste tre classi potei tutte incatenare le scoverte della fisica moderna. Ma altro è l'andamento che i fisici, almeno di Francia, cominciano oggi ad imprendere nel trattar della fisica; poiché la van circoscrivendo alle proprietà e ai movimenti della materia, negli stati solido, liquido, di fluido aeriforme, e di fluido che alcun peso non mostra, senza altra cosa di più. E però quella parte della scienza ch'espone il sistema del mondo, e l'altra che ragiona de' fenomeni dell'atmosfera, escluse ambidue dalla fisica, è stata la prima rimandata all'astronomia matematica, e la seconda sotto il nome di meteorologia forma una scienza da per sé. Ma lasciando stare che non si possono tra noi tante cattedre per l'insegnamento stabilire, quanti sono i rami in che ci piace di divider la fisica, non pare che alcuna soda e forte ragione ci stringa a questa novità. So bene che le scienze si dividono e suddividono a misura che si aggrandiscono, perché meglio si potessero studiare e condurre a perfezione; ma non perciò dovranno essere tante scienze separate, che non hanno un centro comune e dei comuni elementi. Non andrà forse guari che la fisica si partirà in altri rami, formandosi della luce, dell'acustica e dell'elettricità, che si vanno sempre più accrescendo, tre altre scienze che saranno dal resto e tra loro disgiunte; ma non perciò questi tre rami non formeranno parte della fisica, e non si dovranno dettare negli elementi di questa scienza. Né è da temere che i nuovi ritrovati non si possano per la copia tutti insieme insegnare. Le scienze, come si van perfezionando, mancano, dirò così, di volume, che in gran parte risulta da errori, da opinioni, da incertezze, da false vie, e riduconsi a poche e certe verità che sole son degne di collocarsi negli elementi, i quali son destinati ad esporre i progressi già fatti e le cose già certe, e non le opinioni e i vani pensamenti degli scienziati. Le nostre divisioni oltre a ciò non sono naturali, e in luogo di distoglierci, debbono concorrere all'oggetto vero e principale, ch'è la spiegazione dei fenomeni. Come dunque si vorrà levare dalla fisica la dichiarazione de' fenomeni celesti ed atmosferici, ch'è lo scopo unico e vero cui essa mira nelle sue ricerche? Per altro si conviene che la fisica debba parlare dell'equilibrio e dei movimenti de' corpi, e di quelle sostanze che nell'atmosfera si stanziano ed operano: perché dunque non sospingere almeno l'animo dei giovani nello studiar tali dottrine coll'applicazione ai grandi e più cospicui fenomeni che di continuo si osservano, ed eccitano di continuo la nostra curiosità ed ammirazione, perché di continuo alla nostra vista ricorrono? Pouillet di fatto, che ne ha compreso la ragionevolezza e 'l vantaggio, sta al presente pubblicando gli elementi di fisica sperimentale riuniti a quelli della meteorologia. Se lascio adunque incorporati, come fo, alle mie istituzioni i due trattati, il sistema del mondo e la meteorologia, potrò peccare al più contro la moda, non già contro la scienza, e dopo ciò non credo che alcuno mi vorrà a difetto mettere che io abbia disposto ed allogato le varie dottrine della fisica in ordine alla spiegazione de' fenomeni..

Ora i fenomeni celesti non si potranno mai degnamente spiegare, se prima non si comprenderà l'ordine e la disposizione di tutto il sistema, di cui la terra è una parte; perché i fenomeni risultano dai movimenti combinati dei corpi celesti e della terra, che sono tutti sottoposti ad una legge comune. L'osservazione ci additerà i fenomeni e la disposizione dei loro movimenti, e la dottrina dell'equilibrio e del moto ci darà a conoscere come ogni singolo corpo celeste si muove, in qual modo movendosi si equilibra, e come tutto il sistema si bilancia. In questa considerazione i corpi saranno riguardati come un ammasso di punti materiali, i fluidi come punti materiali slegati, i solidi come punti materiali legati per rette inflessibili e senza massa; si avranno per masse eguali quelle che con velocità eguali e contrarie si equilibrano, le masse si ridurranno a punti, che diconsi centri di gravità; e tutta la materia sarà rappresentata come omogenea, come animata da forze e agitata dalle leggi del moto. Riguardando i corpi e la materia sotto questo punto di vista, esporrò il principio generale dell'equilibrio dei solidi e dei fluidi, indi le leggi del moto semplice ed uniforme, o per impulso, e poi le scoverte del Galileo sulla caduta dei gravi; ed unendo il moto vario ed uniforme, o sia considerando i corpi sospinti dalla gravità e dall'impulso, andrò spiegando il moto curvilineo e le forze che diconsi centrali. In questi capitoli racchiuderò le leggi cui obbedisce la materia ne' suoi movimenti, che si ricavano da' fenomeni, e succedono sulla terra; e senza dirizzare trattati estesi di statica e di dinamica, che particolarmente riguardano le scienze fisicomatematiche, stabilirò quelle nozioni che si ritraggono dalle osservazioni e dagli esperimenti, si legano coi principj dell'algebra e della geometria, e ci aprono la strada a comprendere in generale il sistema del mondo. Diboscato così il terreno e spianata la via, intraprenderò la spiegazione dei fenomeni celesti. Delineerò prima, come in un quadro, il sistema planetario, ridurrò i moti apparenti ai veri, applicherò le leggi generali del moto ai corpi celesti, dimostrerò che l'attrazione ne rappresenta tutti i fenomeni, incatena la terra al cielo per le maree e la precessione degli equinozj, e che la curva descritta da un atomo, che pare sulla terra trasportato dal capriccio dei venti, è regolata dalle medesime leggi che le orbite dei pianeti. La terra in somma e i pianeti formeranno unico sistema, perché animati si vedranno dalla medesima forza e sommesse alle medesime leggi. Ma in ciò fare è mio intendimento di ristarmi ai principali fenomeni, senza entrare nella dichiarazione spinosa e dilicata di tanti movimenti celesti, che intralciati sono per l'azione di più forze, le quali vicendevolmente si perturbano, e che spiegar non si potrebbero senza l'ajuto dell'analisi la più elevata, e senza i teoremi più ricercati della meccanica celeste. Il primo trattato adunque sarà per me il sistema del mondo, di cui saranno preliminari le principali nozioni della meccanica, e queste applicate ai moti celesti ne spiegheranno i fenomeni. Però questa prima parte della fisica prenderà il nome di Fisica generale, o di Fisica celeste.

Dai fenomeni celesti passando all'interpetrazione degli atmosferici, ordino e divido la materia secondo gli agenti che influiscono in questa maniera di fenomeni. Saranno questi agenti considerati prima ad uno ad uno, e conosciute le leggi secondo cui operano, ed esaminati i loro effetti separatamente, saranno poi insieme riguardati, per mostrare in qual modo concorrano alla produzione dei fenomeni . E sebbene ancora non ci sieno forse noti tutti gli agenti che han parte nelle cose che nell'atmosfera succedono, pure si segna in questo modo il luogo a quelli che si andranno col tempo ritrovando. Ora la luce, il calorico, il fluido elettrico sono di certo tre agenti principali nell'atmosfera, e questi tre trattati quello precederanno dell'atmosfera. Colloco da principio la luce, come quella che ci mette, dirò così, in commercio coi corpi celesti, è il compimento della spiegazione dei loro fenomeni, e naturalmente occupa un luogo intermedio tra la fisica generale e particolare; perché, sia che si abbracci il sistema dell'emissione, o l'altro, ch'è oggi in voce, delle vibrazioni, la luce è un argomento di calcolo non solo propagandosi, riflettendo e refrangendo, ma altresì in quelle sue modificazioni che diconsi doppia refrazione, diffrazione e polarizzazione. Andremo quindi ragionando partitamente di tutte le proprietà della luce, esporremo il famoso principio delle interferenze, e notando tutti i ritrovati dei moderni, descriveremo lo stato attuale della scienza. Parlo in secondo del calorico, perché per lo più va congiunto alla luce, e perché, secondo il pensamento di molti, il calorico non si riduce che a moto, e non in altro si differisce dalla luce, che nella lentezza ed estensione delle vibrazioni. Metto in terzo luogo la elettricità, che unita si manifesta colla luce e col calorico. E qui vasto si apre il campo alle novelle scoperte, parlando dell'elettricità che si eccita per istrofinio e per contatto, e della elettricità dinamica, che i fenomeni rappresenta del magnetismo. Per lo che la luce, il calorico, l'elettricità e 'l magnetismo, che oggi la fisica formano detta degl'imponderabili, non sono per noi che gli agenti de' fenomeni atmosferici, e le dottrine intorno a questi fluidi servono di preliminare al trattato dell'atmosfera, che è il primo per noi della fisica particolare, e dipende dalle proprietà particolari, e non generali, dei corpi. Trattando poi dell'atmosfera, l'ho sciolto nei fluidi, che la compongono, gas ossigeno, azoto, acido carbonico, vapori, elettricità, ecc.; e dopo aver esaminato le loro proprietà separatamente, l'ho tornato a comporre per cavare da tali fluidi, e dall'azione di quelli tre agenti, quanto meglio si può nello stato attuale delle nostre cognizioni, la ragione dei fenomeni. Comprendo bene che al presente non ci sono forse noti tutti i componenti dell'atmosfera, o tutti gli agenti che in essa operano ed influiscono; comprendo bene che degli agenti e dei componenti forse vi avranno che sfuggono ai nostri sensi; ma egli è certo che studiando l'atmosfera, e scomponendola nelle sue parti, e ricomponendola, ci potrà venir fatto di giungere una volta alla spiegazione de' suoi fenomeni. Per buona ventura la fisica è oggi rivolta a studiare la materia nello stato di sottigliezza, in cui principalmente dimostra la sua forza e la sua prodigiosa attività, e per opera del Becquerel si è trovata l'azione delle correnti elettriche, là dove non parea che fossero ed operassero. Meglio di più quelle sostanze che sono incoercibili, si riconoscono già per la loro azione, e la stessa attrazione che da sé sfugge i nostri sensi, cade sotto i nostri occhi per le leggi, giusta cui opera costantemente. È quindi da sperare che quanto più avanti i fisici procederanno colle loro ricerche, altri agenti, se ve ne avranno, ed altri componenti rinveniranno, con cui bene dichiarar si potessero i fenomeni dell'atmosfera. E però non è al presente da prender maraviglia, se alcuni ne interpetriamo con senno, e per altri non rechiamo innanzi che ipotesi ed opinioni.

È facile dopo ciò il comprendere che nell'esposizione delle proprietà fisiche dell'aria atmosferica si riconoscono quelle di tutti i gas. E ponendo soprattutto mente a quella qualità fisica dell'aria che chiamasi elasticità, abbiamo l'aria considerato come veicolo del suono e fatto parola dell'acustica. Al trattato indi dell'atmosfera l'altro aggiungendo dell'acqua, e in particolare de' suoi movimenti, mostrato abbiamo in questo liquido i modi con che operano e si muovono tutti gli altri liquidi. Ma a parte delle qualità fisiche dell'aria e dell'acqua siamo stati costretti ad esporne le chimiche; perciocché non si può certo parlare della composizione, dei cangiamenti e dell'azione dell'atmosfera e dell'acqua senza indicarne le chimiche proprietà. Quei fisici che oggi per severità vogliono bandir dalla fisica i fenomeni di affinità, han dovuto levar dalla fisica la meteorologia, e l'azione dell'atmosfera su i corpi, e la spiegazione di tanti fenomeni che sono alla fisica stretti e di loro natura inerenti. E ciò non pertanto giungono a dissimulare, non mai a bandire il linguaggio dei chimici; perché la natura nel formar le sue opere usa di tutte le qualità de' corpi, e non si cura delle nostre divisioni. Come si può parlar della colonna del Volta senza parlar de' suoi effetti chimici, e come può non conoscersi il gas ossigeno, ch'è non solo il principio della vita, ma opera di continuo ed unitamente colle sue proprietà fisiche e chimiche su tutti i corpi, ed ossida il mercurio dei nostri strumenti, e i ferri dei parafulmini, o di altre cose simili? Non sono per certo da stendersi trattati di chimica nella fisica, ma d'accennarne alcune principali nozioni, e dimostrare almeno che a parte dell'attrazione in distanza evvi la molecolare, che opera fisicamente nei fenomeni capillari, e chimicamente in quelli dell'affinità, in cui per altro ha gran parte, come oggi si pensa, la elettricità.

La luce dunque, il calorico e 'l fluido elettrico, come quelli che influiscono sui i fenomeni atmosferici, precedono il trattato dell'atmosfera; e luce, calorico, elettricità, atmosfera ed acqua, che gran parte hanno nei fenomeni terrestri, sono da premettersi alla spiegazione di questi. Ma io mi sono astenuto di mostrare l'azione dell'atmosfera, dell'acqua e degli altri agenti naturali sulla superficie del nostro globo, per schiarirne le vicende e le rivoluzioni; perché il solo toccarne ci condurrebbe nella geografia fisica, nell'idrografia e nella geognosia, assai lungi dal nostro istituto. Ma egli è certo che queste scienze debbono da quelle fisiche dottrine essere illustrate e precedute, e che niuno potrà imprendere degnamente lo studio delle altre scienze naturali se prima addottrinato non sia delle conoscenze già poste e stabilite dalla fisica. Sicché questi elementi vagliono più che gli altri ad aprirci la ragione dei fenomeni celesti ed atmosferici, e servono al par degli altri di preliminare alla geografia e alle altre scienze naturali.

Ogni trattato racchiuderà le speculazioni necessarie a fornire la ragione dei fenomeni, ed insieme la loro applicazione agli usi della vita, delle arti e della società. La dottrina dell'equilibrio sarà applicata alle macchine e alla idrometria; quella della luce alla visione, al microscopio ed al telescopio; l'elettricità sarà rivolta agli usi medici ed ai parafulmini, e così del resto . E perché l'ordine con che si trovano le verità, è diverso e spesso contrario a quello con cui si dispongono negli elementi, ove, fatte già le scoperte, si cercano di collocare in un modo che più adatto e favorevole sia alla comune intelligenza; così ho pensato di mettere secondo l'opportunità un compendio storico, in cui secondo l'ordine dei tempi notati saranno gli sforzi dello spirito umano, i passi ora lenti ed ora rapidi per giungere ad alcune scoverte, il progresso in somma della scienza. Ed intendo di far ciò piuttosto in fine, che in principio de' varj trattati; perché allora, educata già la mente dei giovani, potrà conoscere quale sia stato lo sviluppamento delle verità, con quali mezzi l'umano ingegno ha saputo vincere tante difficoltà, e come si vanno a poco a poco e lentamente preparando i più belli ritrovamenti. In questo modo tutte le cognizioni della moderna fisica sono ridotte in classi come i fenomeni, ed ordinate alla loro spiegazione; ogni trattato risulta dalle verità speculative e teoretiche, e dalla loro applicazione agli usi della vita, e quasi alla pratica: la somma delle verità di ciascun trattato è prima spianata secondo l'ordine naturale, e che più si confà alla nostra intelligenza, e poi secondo quello delle invenzioni e dei tempi. Non resterebbe, dopo tutto ciò, che unire di tanto in tanto e disegnate insieme dimostrare, come in un quadro, quelle dottrine che di mano in mano sono state ad una ad una dichiarate; e questo l'ho praticato, aggiungendo qua e là dei compendj ragionati, in cui quasi ad un colpo d'occhio stese e legate le cose già annunziate si veggono.

Il metodo poi sarà unico e generale, e consisterà nell'analizzare per conoscere distintamente le parti degli oggetti che sono naturalmente impacciati e nell'unire le parti già conosciute, per ispiegare con esse i fenomeni. I fatti saranno i primi a stabilirsi, e le verità saranno i risultamenti immediati dei fatti . Si ridurranno i fatti a scelte, sode e decisive esperienze ed osservazioni, le quali, incatenandosi tra loro, indicheranno le verità, come conseguenti naturali e come loro spontanee traduzioni; ed in questo senso le verità non saranno da me proposte, ma quasi ritrovate dopo la scorta dei fatti incontrastabili. Di quando in quando annunzierò dei conseguenti che sono intimamente legati ai principj ritratti dalle esperienze e dalle osservazioni, senza mostrarne il legame, affinché la mente dei giovani lo vada investigando, e prenda l'abito e senta piacere di trovarlo. Condurrò in somma i giovani, come per mano, per la diritta via; ma dovranno essi avvertire e scoprire la verità, prima che sia loro indicata ed annunziata. E credo, così facendo, di ben provvedere alla pubblica istruzione; perciocché ogni istituzione che fa, o suppone passiva la mente dei giovani, è falsa, deprime, in luogo di esaltare, le forze dello spirito, né prepara e dispone la mente dei giovani ad ulteriori avanzamenti, ch'è l'oggetto cui innanzi d'ogni altro si deve mirare nel formare gli elementi delle scienze. Andrò inoltre con gran cura distinguendo il certo dall'incerto, l'ipotesi dai sistemi, i sistemi dalle teoriche, e notando insieme i gradi di probabilità che si convengono ad ogni congettura. Dove i fatti sono certi, concordi, e parlano senza equivoco, sarò dogmatico; dove sono in alcun modo incerti, sarò puramente istorico, rapportando la storia delle opinioni, spesso mostrando quelle congetture che fornite pajono di maggior probabilità, sempre lasciando ad ognuno la libertà di adottare quella opinione che più a grado gli tornerà. Per questo vo sempre soggiungendo, quasi per formula, le parole relativamente allo stato delle attuali nostre cognizioni, affinché i giovani forte non aderiscano ai sentimenti che al presente sono più in onore, e tengano l'animo disposto ad accogliere qualche nuovo fatto e qualche altra scoperta che può mutare l'attuale nostra maniera di vedere le cose e di spiegare i fenomeni.

A norma di questi principj ho delineato le istituzioni di fisica sperimentale, colle quali intendo di educare i giovani alle fisiche discipline . Ma debbo confessare che non l'ho voluto né saputo spogliare di un certo linguaggio matematico, ancorché sappia che questo comunemente si sdegna, perciocché la più parte vorrebbe saper di fisica senza durarne la fatica, più per sollazzo che per istruzione. So bene che i Francesi a propagarne la conoscenza non lascino di scrivere schizzi, manuali, compendj, biblioteche, dizionarj ed enciclopedie portatili; ma con sì fatti libri si dà la tintura della scienza, non già la scienza; e questa tintura, se vale a levar da molti la ignoranza delle cose fisiche, non giova a somministrarne ad alcuno la vera conoscenza. È cosa ben diversa parlar di fisica per divertir la gente che dicesi di mondo, dallo scriverne per istituire la mente dei giovani in una università ch'è diretta a formar dei cultori delle scienze. Per lo che riesce oggi a chiunque manifesto, che maneggiando macchine, dando in ispettacolo delle esperienze, narrando fatti singolari, divertendo in somma gli occhi e la mente, si multiplica il numero dei discenti, ma non si coltiva né si educa il loro spirito alla fisica. Giacché la scienza è riposta nel trarre dai fatti particolari le leggi generali, nell'ordinare i fatti per argomentar la causa dei fenomeni, e nel mostrar la corrispondenza e proporzione tra queste e gli effetti naturali: le quali cose non si possono mandare ad effetto ed esprimere senza l'ajuto del calcolo e della geometria, che sono misura e linguaggio dei fenomeni. Non è, io ne convengo, da sfoggiarsi perciò in calcolo ed in formule, come fanno i fisicomatematici, perché altro è iniziare la mente dei giovani alla fisica, e altro parlare a quei che già sono iniziati, o, come dicesi, agli adepti. Però nel dirizzar gli elementi abbiamo premesso l'esperienze e 'l ragionamento ai calcoli, e tra questi, lasciati da parte i sublimi, i lunghi ed intralciati, recato ne abbiamo i soli semplici ed elementari, affinché si conservasse il vigor delle prove, il legame delle verità e la dignità della scienza.

Una volta si disponeano fra noi gl'ingegni dei giovani allo studio delle facultà con un'astratta metafisica o così detta filosofia, e cogli elementi della geometria, per la ragione che questa potea, secondo che si pensava, quadrar l'intelletto. Ma oggi che si è innalzato lo stato delle scienze, e presso tutti è migliorata la pubblica cultura, non sono più da seguirsi gli antichi metodi. Le matematiche servono a tutti per apprender le scienze, giacché queste senza di quelle riescono incerte, slegate ed inesatte. E se le menti, quasi per una ginnastica, si istituiscono da prima colla filosofia, si vogliono poi rassodate dalle fisiche discipline. Poiché la filosofia in sostanza altro non fa che menarci in un circolo senza progredire giammai, circolo di cui una parte è occupata dallo scetticismo, e dove, ancorché si avesse la verità per le mani, non si trovano caratteri certi e costanti per conoscerla e ritenerla. Nelle scienze fisiche al contrario e si progredisce e si ha certezza, perché sodi sono e reali i fatti della natura che pigliano a dichiarare. Non intendo con ciò di togliere e screditare lo studio della filosofia, che sia curiosità, o coscienza delle forze della umana intelligenza, o tendenza naturale alla perfezione; è un bisogno dello spirito, di cui non si è potuto né si potrà passare giammai. So per altro benissimo ch'essa apre, dirò così, l'intelletto, eleva la mente, nobilita i nostri pensieri, insegna a raccoglierli, a connetterli, ad astrarli, e dirizza ed informa ogni nostra scienza. Dico solamente che la filosofia la quale per ventura si trova in voce, deve far parte dell'educazione letteraria per iscuotere e rinvigorire le forze dello spirito; ma che a tale studio sia l'altro da unirsi degli elementi dell'algebra e della geometria, affinché le tenere menti dei giovani preparar si possono con profitto alle instituzioni della fisica, senza di che monco ed imperfetto riuscirebbe l'ulteriore insegnamento delle scienze, monca ed imperfetta l'educazione della mente. Poiché alla fisica, che si occupa dei fatti della natura, e li osserva e ordina, e li rivolge a nostro pro, è dato di moderare l'ardore dell'immaginazione de' giovani, e dirigere nel diritto sentiero le loro menti, che vanno spaziando in vistosi pensamenti, che sebbene portino il nome di nobili e intellettuali, mancano di sodezza e realtà. Però sopra questa base stabile e salda è da innalzarsi l'insegnamento non che delle scienze naturali, ma di tutte le altre facultà. È tale e tanto il progresso dei lumi e della cultura, che oggi torna ad ignominia ignorare gli effetti naturali e le loro cagioni, ed eccita il riso e le beffe chiunque sia giurista o teologo, che al par del volgo ammira, teme e s'inganna per difetto di fisica scienza. Ma oltre a ciò temprati gl'ingegni colla certezza e col ragionamento delle cose fisiche, daranno più sodezza ai loro giudizj, più generalità ai loro concetti, e trasporteranno quanto più si può l'andamento e la precisione delle scienze certe in quelle discipline che dovranno fermare la loro attenzione ed occuparli in tutta la vita. Ottimo quindi ed utile divisamento è da stimarsi quello cui si mira al presente nelle nostre università e nei nostri licei di far precedere allo studio delle facultà l'altro delle scienze fisiche animate e rinvigorite dal linguaggio almeno elementare del calcolo; ed è da sperare, se i nostri voti non fallano, che gl'ingegni così disposti ed instituiti potranno più franchi e sicuri progredire nella scienza e nel sapere, ed elevar la Sicilia al grado più eminente di floridezza e di cultura.

DISCORSO INTORNO AD ARCHIMEDE

La fama di Archimede suona così chiara presso di tutti, che scriverne l'elogio si potrebbe forse reputare un'opera inutile e superflua. I matematici d'ogni età pieni di venerazione han ricordato il nome di lui, e lui hanno mostrato come uno di que' pochi, che vaghi del sapere e speculando nelle scienze sono là giunti dove può umano intelletto. Se da geometri ci rivolgiamo agli storici, e in generale a tutti gli eruditi, troviamo, che alla venerazione di quelli si è aggiunta l'ammirazione di questi. Hanno essi tra le invenzioni di Archimede quelle riferito, che colpiscono i sensi, quali son le meccaniche, e queste lodando e talvolta esagerando gli han decretato il primo posto d'onore tra gli scienziati. La voce pubblica in fine magnificando, come suole, il giudizio de' sapienti si è sparsa per tutta la terra, ed Archimede va ognora gridando qual genio soprumano e divino. Chi potrà dopo ciò lui inalzar colle lodi, se il solo suo nome risveglia la pubblica venerazione e tien luogo di qualsivoglia elogio? Ogni lode sarebbe inferiore alla sua fama, e invece d'accrescere sminuir ne potrebbe la gloria.

La Sicilia ciò non ostante non può in silenzio restare sui pregi e sulle virtù di un grand'uomo, che sarà, siccome è stato, il suo ornamento ed onore finchè saranno le scienze tra gli uomini. Solea ella ne' dì felici medaglie coniare e pubblici giuochi istituire per onorar la memoria de' suoi, che colle loro invenzioni e nelle scienze e nelle arti a fama eterna l'alzarono. Cadde poi dalla sua grandezza cadendo sotto i Romani, e tra le altre afflizioni ebbe allora a soffrire, che fosse venuto uno straniero a svellere i bronchi e le spine, che il sepolcro ingombravano del nostro Archimede . Ma se la Sicilia non è oggi quale era una volta ne' bei giorni del suo splendore, non trovasi certo in quel miserabile stato, in cui preda de' Proconsoli e de' Questori oppressa giacea dalla potenza di Roma. Conosce ella al presente quanto lustro le rechi il nome di Archimede, e non sa nè può tollerare, che co' debiti onori celebrata non sia di quando in quando la memoria di lui.

Niuno adunque, che giusto estimator sia delle cose, potrà come inutile o inavveduto riputare un discorso, che in segno di riverenza e di omaggio ricorderà Archimede, e le sue famose scoverte. Mostrerà tal discorso più la nostra gratitudine che la sua grandezza, richiamerà alla mente più la nostra che la sua gloria, tornerà in somma più a nostro vantaggio che ad onore di lui; poichè alla vista di sì nobil modello è da sperare, che resteranno i nostri sospinti vie più allo studio delle cose geometriche, studio che può innalzar la Sicilia ad un rango d'onore tra le colte e polite nazioni.

Siracusa città ricca e potente, sia che fosse stata libera o pure oppressa da' tiranni, di studii e d'ingegni fu sempre fioritissima. Avendo essa accolto la dottrina prima di Pitagora e poi di Platone accolse del pari le pure matematiche, che da quelle due scuole ebbero in Grecia accrescimento e splendore. La corte in fatti de' suoi tiranni si vide più d'una volta piena di geometri, che figure sulla polve tracciavano, e verità dimostravano di geometria . E se le matematiche, vinta la Grecia, irono poi a stabilirsi in Egitto seguendo le insegne del vincitore e quasi tornando al loro suolo natío; Siracusa, che aveva emulato la Grecia negli ottimi studj, non lasciò di concorrere nella coltura delle severe scienze colla città de' Tolomei: produsse il grande Archimede, che dovea la palma rapire negli onori matematici alla stessa Alessandria.

Nacque egli nell'anno secondo della olimpiade 123 ; e, poichè i sommi uomini giungono a dar lustro al diadema ancora de' Re, non è da tacere, che, al dir di Plutarco, in parentela era stretto col secondo Gerone . Erano, egli è vero, al nascer d'Archimede turbate le cose pubbliche in Siracusa; ma queste furon presto ordinate da Gerone, che richiamò nel suo regno, e finchè visse ritenne la pace, l'opulenza, e la felicità. Però Archimede crescendo di età trovò nella patria pronti gli avviamenti alle scienze, che sempre più prosperavano per lo continuo commercio, che Siracusa faceva così colla Grecia che coll'Egitto.

Lo studio allora in onore, e cui si volgeano sopra ogni altro gl'ingegni, era tutto innocente, e quello dell'esatte discipline, che aveano e stanza e scuola nella città di Alessandria. Tutti correano a questo ginnasio, in cui Euclide avea insegnato la geometria, e i Tolomei aveano onorato, e onoravano le scienze e gli scienziati. Archimede adunque disposto come era a tale sorta di studj fu sollecito di occuparsene, obbedendo in parte alla sua naturale inclinazione, e alla moda in parte de' tempi, che suole ancor essa esercitare il suo impero sui nostri gusti e sulle nostre occupazioni.

Ignorasi, se Archimede ammaestrato prima in Siracusa abbia poi fornito i suoi studj in Alessandria; ma egli è certo, che lesse i geometri, che erano stati prima di lui, e ne ammirò il metodo e la sodezza. I greci geometri guidati da pochi e semplici principj camminavano sempre sotto un cielo privo affatto di nubi, a passi tanto più sodi quanto più stretti, parlando senza equivoci, e ragionando senza cavilli. Vide ei questo metodo e l'abbellì conservando alla greca geometria i naturali suoi pregi, e d'altre bellezze adornandola, che ancora fioriscono, nè per giro di secoli o novità di scoverte appassiranno giammai.

Continuo nel meditare singolar diletto prendeva il nostro geometra non che delle pure, ma delle miste discipline, che molta utilità promettono alla vita civile. Ebbe degli amici, tra' quali quelli, che più da noi si conoscono, furon geometri. Pianse egli di fatto la perdita di Conone, e, morto questo, a Dositeo scrivea e svelava il primo a costui le sue ingegnose scoverte. Amò egli la gloria, come fanno le nobili anime, e questa riponea nel sostenere il travaglio di nuove e più difficili speculazioni. Nè fu di quei sapienti, che fuggono il consorzio de' grandi alcuna volta per semplicità e rozzezza, spesso per ostentazione ed orgoglio: si avvicinava egli a Gerone, e intrattenea questo principe, si dica ad onor d'ambidue, della costruzione di nuove macchine o dell'inventiva di ardui problemi di meccanica. Non isdegnò l'amicizia di Gelone giovine allora ed erede del trono, cui dichiarava i suoi novelli pensieri sopra l'aritmetica . Visse in somma caro a tutti, presso tutti in onore, sempre speculando e sempre inventando a pro delle scienze, in favor della patria, ad utile della società.

Queste e così poche son le notizie a noi pervenute della vita di Archimede; e ben ci dovremmo dolere di essersi perduto ciò, che Eraclide scrisse di lui, se non ci fosse gran parte restata delle sue opere. In queste la storia si trova della sua vita, perchè quella si legge de' suoi pensamenti, e scritte si osservano le sue illustri azioni, perchè notate si ammirano le sue belle scoverte. In questi libri l'andamento si scopre del suo spirito per istabilire la sublime geometria, i suoi sforzi generosi si scorgono per vincere le difficoltà, che di passo in passo incontrava, chiara si vede l'immagine della sua mente, tutto in somma si conosce Archimede. Per lo che studiati i suoi libri, non recherà più maraviglia, se egli superiore agli altri geometri per la forza del pensiero, per l'acume dell'inventare, e per la grandezza dell'immaginazione abbia ciascun di loro oltrepassato così per la copia e varietà, come per l'importanza e utilità delle invenzioni.

I primi geometri soprapponendo colla mente una figura ad un'altra dimostrarono l'eguaglianza delle figure rettilinee, e la greca fondarono allora nascente geometria; ma non potendo soprapporre una retta ad una curva non poterono misurare le grandezze curvilinee, o sia non seppero nè poterono quadrare. La difficoltà arrestò i loro passi, ma non vinse i loro ingegni, e facendo altri nuovi tentativi il metodo dell'iscrizione inventarono.

Iscrivendo in una curva da prima un quadrato, e poi di mano in mano triangoli, giunsero ad un poligono, la cui superficie, se non era eguale a quella della curva, da questa almeno si differiva pochissimo. Questo metodo fu espresso da Euclide sotto una forma generale , e potea certamente guidare i geometri verso la meta da lor sospirata. Altro non era da farsi, che spingere più e più, ed anche più oltre, l'iscrizione, affinchè la differenza tra la curva e 'l poligono iscritto si fosse in modo tale estremata, che come nulla si avesse potuto reputare. Il contorno del poligono si sarebbe allora confuso colla curva, e la superficie di questa a quella del primo sarebbe venuta certamente eguale. Ma come la geometria era in quei tempi molto rigida e severa; così i geometri mancavano d'ardimento. Niuno avrebbe osato affermare due quantità, la cui differenza era minima, insensibile, e pressochè nulla, potersi tenere per eguali; poichè una differenza, quanto che piccola, fra due quantità, era allora riputata sempre finita, e come tale di qualche valore. La geometria ritenne, egli è vero, in sì fatto modo la sua evidenza, ma fu impedita di più oltre avanzarsi dal suo rigore medesimo: la quadratura in fatti del cerchio fu sino ad Archimede, come era stata per lo innanzi, il tormento de' più nobili ingegni, e lo scoglio de' più valorosi geometri.

Altro vantaggio non si ritrasse allor dall'iscrivere, che quello di coglier la proporzione, in cui si tengono tra loro alcune curve o altri corpi rotondi: poichè usando i geometri dell'iscrizione giunsero a determinar la ragione, che hanno i circoli tra loro, o pur le sfere, e quella che prismi lega e piramidi, o pure coni e cilindri della medesima base ed altezza. Ma queste scoverte medesime, di cui prima fu lieta la geometria, le annunziarono ben presto la sua povertà, perchè collo ajuto di queste furono i geometri quasi sopra un'altezza condotti, donde per la prima volta poterono scorgere i campi vastissimi delle grandezze curvilinee; si accesero quindi di nobil vaghezza, e alla misura di sì fatti spazj sollecitamente si volsero; ma incerti e timidi e ritenuti dal rigor matematico non sapeano più oltre procedere, quando Archimede franco di animo e pieno di senno si mise loro innanzi, e ne imprese la stentata ricerca.

Guardò egli da prima le fatiche di quelli, che erano stati innanzi a lui, e vide ad un tratto e di che i loro metodi mancavano, e sino a qual termine coll'ajuto di questi avrebbero essi potuto giungere, e non erano giunti giammai. Pieno quinci di valore ritrasse i geometri dalla quadratura del cerchio, cui si stavano intenti ed affollati, ed indicando loro un cammino men aspro li condusse a quadrar la parabola. In questa curva non iscrive il nostro geometra che soli triangoli; ma nell'iscrivere presto s'avvede il primo triangolo a' secondi, questi a quelli che seguono, e gli altri appresso essere tutti legati sì stretto, che nella medesima ragione decrescano formando una progression geometrica. Non prima egli, che avea gran polso, di ciò s'accorse, che di tal progressione si mette a ricercare la somma; giacchè, questa conosciuta, l'area si conosce della parabola, che da que' triangoli si esprime, e tutta in quella progressione si racchiude e comprende. Ma ricerca era questa e nuova e difficile, in cui niun geometra potea a lui porger conforto, perchè niuno si era ancora avvenuto in tali serie, dalle quali, come è noto, il quadrar delle curve in gran parte dipende. Ciò non ostante scorre egli il primo que' nuovi campi d'invenzione, e raunando poche e già note verità trae da queste, e pronto raccoglie la somma d'una progressione, che nella ragion geometrica decresce. Trova, che, quale si fosse il numero dei termini, sempre la sua somma risulta eguale ad una funzione costante del primo, che viene ad essere quattro terzi del triangolo iscritto, la cui base ed altezza è a quella eguale dello spazio parabolico: per lo che in questo triangolo il primo legge, e il primo agli altri manifesta l'esatta misura della superficie della parabola. Molti, par ch'egli dica a Dositeo, molti in tempi diversi han tentato di misurare or questa curva ed ora quell'altra, ma i loro sforzi, per quanto mi sappia, sono in vano tornati. Le lunule d'Ippocrate, di cui si mena gran vanto, non sono in realtà, che giuoco e trastullo di speculazion geometrica. Io vi presento uno spazio tra una retta racchiuso e la parabola, e questo vo sicuro misurando con principj non già dubbj, ma certi, non già miei, ma vostri; poichè iscrivendo han già mostrato i geometri i rapporti, con cui si attengono i circoli o le sfere tra loro, o pur la piramide al prisma, e il cono al cilindro, e iscrivendo sono io giunto a misurar la parabola . Così egli dicea, e i geometri della sua età videro per la prima volta misurato esattamente uno spazio curvilineo, e ne presero ammirazione. Gli stessi moderni, che levano tanto grido delle loro algebriche equazioni, hanno il magistero ammirato, con cui egli il primo giunse a quadrare lo spazio tra una retta racchiuso e la parabola.

Archimede nel quadrar questa curva non spinge i triangoli ad un numero infinito secando all'infinito le corde del poligono iscritto, affinchè potesse in ultimo confondere l'area di questo con quella della parabola. Sapea egli, che i geometri avrebbero disapprovato altamente questa maniera di ragionare, se non come falsa ed incerta, almeno come inusitata e priva di evidenza. Avevano alcuni recato la misura del cerchio e dell'ellisse; ma come l'aveano fondato non già su' principj che eran falsi, ma sopra lemmi difficili a potersi ammettere; così quella misura era stata rigettata da' successori di Euclide . Tanto in que' dì erano rigorosi e severi gli efori delle matematiche, i quali in Alessandria dettavano leggi e divieti contro coloro, che macchiavan per poco la purezza della geometria.

Però nel quadrar la parabola, e, questa quadrata, volgendosi alla misura delle altre curve fu sollecito di evitare le misure inesatte e nebbiose d'infinito e d'infinitesimo, tra le quali ogni grandezza curvilinea naturalmente si stanzia, e concepì l'alto e nobilissimo disegno di fondare la geometria delle curve su quelle stesse basi, su cui erano stati posati gli elementi della scienza. Cogli stessi principj, collo stesso rigore, colla stessa evidenza pensò di avanzarsi creando la dottrina delle curve, che avevano fatto i suoi antecessori formando gli elementi. E come i geometri tentando di passare dalle figure rettilinee alle curvilinee ebbero per principio incontrastabile, che la differenza tra due quantità, per piccola che fosse stata, poteva aggiunta più volte a se stessa divenir maggiore di una quantità finita della medesima specie ; così ancora Archimede tenne per fondamentale sì fatto principio, ed ebbe gran cura di stabilir sul medesimo le sue dimostrazioni: pensò in somma di presentare nella sublime geometria la sembianza istessa degli elementi, anzi una semplice continuazione de' libri del severissimo Euclide.

Ma questo progetto, che era degno di se e del suo meraviglioso intelletto, lo stringea a battere una via soda, egli è vero, ma lunga e tortuosa e tanto più aspra, quanto le curve sdegnano l'esattezza, e quella precision di misura, di cui è capace la parabola. Per progredire quindi con sicurezza ideò prima un metodo particolare, che servir gli dovesse di guida, e mosse tosto celeri passi verso l'invenzione.

Il primo passo, che diè, fu quello di comparare le curve alle rette, che tra loro non si erano mai poste in confronto, perchè allora si credeano di natura diversa; ma nel dar questo passo, che liberava la scienza dagli antichi ceppi, mostrò Archimede non che forza e coraggio, ma accorgimento e prudenza. Non si tolse a dimostrare quanto una o più linee rette fossero eguali ad una curva, affinchè suo malgrado imbattuto non si fosse nello scoglio dell'infinito, che volea studiosamente evitare: indicò solamente quanto un pezzo di curva fosse maggiore o minore di una o più rette, o pure quanto un pezzo di superficie concava fosse maggiore o minore di una o più superficie piane. Non è già, che una sì fatta maggioranza o minoranza non si vada ancor essa in ultimo a risolvere nell'infinito, ma la mente umana non ha tempo di ciò sospettare; perchè quella relazione di più o di meno le si presenta con tale chiarezza, che ne piglia a fastidio le prove. Archimede in fatti pose l'estremità delle rette sull'estremità del pezzo di una curva, e l'estremità delle superficie piane su quelle del pezzo di una concava, e quivi con gran senno ristandosi, più oltre non volle procedere . Tutti allora videro quando queste linee o superficie erano le une dalle altre comprese, o le prime le seconde comprendeano, e tutti immantinente conobbero quando le une erano delle altre minori o maggiori. Gli stessi geometri de' suoi dì, ch'erano severissimi, ne sdegnarono le prove, e venerarono come principj que' rapporti di maggioranza o minoranza tra le linee curve e le rette, tra le superficie concave e le piane, che da Archimede erano stati posti, non dimostrati, come veri. Che se Eutocio intese ne' tempi d'appresso a dimostrarli, costui in luogo d'accrescerne l'evidenza forse gli oscurò; perchè la verità al pari della bellezza vuole semplice e schietta mostrarsi per colpire: l'una colle prove si snerva, l'altra cogli ornamenti si guasta.

Coll'ajuto di questi principj, ch'erano semplici ed evidenti, s'aprì Archimede un novello sentiero, che ancora non era stato battuto da' geometri prima di lui. Costoro iscrivendo a' circoli i poligoni si erano accorti, che questi a quelli poteano sempre più avvicinarsi, ma non arrivarli giammai. Però teneano come principio, che i poligoni iscritti, non ostante qualunque approssimazione, eran sempre de' circoli minori, e i circoli al contrario eran di quei poligoni certamente maggiori. E questo principio fu da tanto, che felicemente li guidò nella ricerca de' rapporti, che han tra loro le superficie circolari e i corpi rotondi. Ma Archimede dovea assai più lontano progredire, perchè la misura, non già i soli rapporti investigava delle grandezze curvilinee. Pensò quindi di aggiungere all'iscrivere il circoscrivere, ed estese in tal modo alle figure circoscritte quella proprietà, che avean trovato i geometri tra i circoli ed i poligoni iscritti. Le figure iscritte e circoscritte, dicea egli, pari passo camminando, pari passo si avvicinavano alla figura curvilinea, che circondano, ma non la giungono mai: l'una, che è l'iscritta, per quanto più e più vi si approssima, resta della curvilinea invariabilmente minore, e l'altra, che è la circoscritta, per quanto più si avvicina, viene ad essere di quella medesima invariabilmente maggiore. Fu questa verità, che pose in alto Archimede come un segno, cui riguardare per non smarrirsi nell'oscuro e difficil sentiero della misura delle curve. Pigliava egli una grandezza rettilinea o pure una curvilinea, di cui si conoscea la misura, e la mettea in confronto colle due figure, iscritta e circoscritta alla curva, che era da misurare. Questo confronto, che era attento e severissimo, tutto si versava nell'esaminare, se queste due figure ivano sempre più a quella rettilinea avvicinandosi nella stessa ragione, che faceano intorno alla curva che circondavano, e se la figura rettilinea al par di questa curva restava sempre dell'iscritta maggiore, e della circoscritta minore. Che se, fatto ogni esame, eguali ritrovava questi rapporti delle due grandezze, rettilinea l'una, curvilinea l'altra, colle figure, iscritta e circoscritta, avea per certo, che quelle due grandezze fossero eguali, o meglio, che l'una, cioè la rettilinea, dell'altra curvilinea fosse l'esatta misura. La medesimità de' rapporti colle figure medesime era allora segno per Archimede d'identità e di eguaglianza.

Questa maniera indiretta di ragionare, sebbene dubbia ed incerta allorquando si applica alle cose fisiche, è al contrario saldissima nelle ricerche matematiche, le quali misurano delle quantità, che si riferiscono tra loro pe' semplici rapporti del più, del meno, o dell'eguaglianza. Se la grandezza rettilinea al par della curvilinea è sempre minore della circoscritta e dell'iscritta maggiore, certamente quelle due grandezze debbono essere eguali: perchè se la rettilinea ci piacesse supporre o minore o maggiore della curvilinea, ne seguirebbe, che la figura iscritta o circoscritta si potrebbe frammettere in mezzo a quelle due grandezze, e se la rettilinea risulterebbe contro ogni verità maggiore della circoscritta, o dell'iscritta minore. Ma in que' tempi non era conceduto in geometria questa maniera d'induzione, ancorchè fosse chiara e ragionevole. Però Archimede conformandosi al rigore de' tempi dimostrò non argomentò l'eguaglianza tra quelle due grandezze, dimostrando non argomentando, che l'una non potea essere dell'altra minore o maggiore. Così egli non dimostrava direttamente, che qulle due grandezze erano eguali, ma che non poteano non essere eguali, e senza presentare la loro eguaglianza forzava l'intelletto, come se veduto l'avesse, a confessarla.

Tale forma indiretta, sotto cui egli mostrava l'eguaglianza, non era nuova nella geometria. Questa intellettuale, come è, non isdegna i lunghi ragionamenti, e per qualunque sentiero, sia breve, sia lungo, va lieta a ritrovare la verità. Eudosso ed Euclide stretti al par di Archimede dalla necessità avevano già presentato sotto questo sembiante l'eguaglianza, ed Archimede nel dimostrare, che la grandezza rettilinea non potea essere minore della curvilinea, seguì la via già battuta da que' due sommi geometri. Suppone da prima, come suol farsi, a cagion d'argomento, che la grandezza rettilinea fosse minore della curvilinea, e poi in mezzo a queste due frappose una terza grandezza, che è l'iscritta, la quale si può a senno del geometra avvicinar sempre più alla curva. Questa terza grandezza, trovandosi tra quelle due interposta, dell'una, che è la rettilinea, riesce in tal caso certamente più grande: ed ecco l'assurdo; poichè aveva egli già dimostrato la grandezza rettilinea essere maggiore della iscritta. L'iscrizione diveniva allora uno strumento, con cui egli facea la prima e velata riduzione di quelle due grandezze, l'una rettilinea, e l'altra curvilinea, all'eguaglianza; giacchè in un linguaggio più schietto, egli dicea, non poter l'una esser dell'altra minore, perchè l'una all'altra era in sostanza eguale.

A dimostrare poi, che la grandezza rettilinea non potea della curvilinea esser maggiore, trovò prontamente nella circoscrizione un ajuto, di cui non si erano serviti i geometri prima di lui, i quali si eran fermati all'iscrizione. A provare Euclide, che i circoli tra se, o le sfere, o i cilindri un rapporto non avevano maggiore di quello, che egli adduca, non recava innanzi un forma certa di dimostrare: ora per un artifizio, e ora per un altro, spesso per lunghi giri, e sempre con istento, giungea allo scopo, cui egli mirava . Ma Archimede, che già all'iscrivere aveva aggiunto il circoscrivere, potè franco e sicuro fare la seconda riduzione all'eguaglianza; poichè supposta la grandezza rettilinea maggiore della curvilinea, tra questa e quella una terza grandezza interpone, che ben lo potea circoscrivendo, la quale stando intermedia alle prime due, dell'una, che è la rettilinea, certamente è minore: e qui giunto grida parimente all'assurdo; poichè avea già provato la figura circoscritta della rettilinea essere di sua natura maggiore. Con quella autorità allora, che a lui concedea la geometria, comandava all'intelletto a riconoscere tra quelle due grandezze l'eguaglianza; perchè non potendo essere l'una dell'altra nè minore nè maggiore, era di necessità, che l'una all'altra fosse stata senza contrasto eguale; o sia l'una dell'altra non potea essere nè minore nè maggiore, perchè in sostanza l'una all'altra era eguale.

È questo lo schizzo del metodo, con cui Archimede si pose in istato di affrontare le ricerche più astruse, e che indocili erano state sino a quel tempo al magistero di tutti i geometri. I principj, su cui poggia questo metodo, la forma del dimostrare, i primi lineamenti in somma già segnati nell'iscrizione, erano stati tutti posti e riconosciuti pria di Archimede: ma egli il primo comparò le curve alle rette, ampliò questo metodo, lo ridusse a grandezza, a forma generale, atto lo rese a stabilire la sublime geometria.

Nel misurare le curve non apprezzava, nè ponea tra loro in confronto che tre grandezze, delle quali la terza dovea essere invariabilmente maggiore dell'una, minore dell'altra; e queste grandezze eran tutte finite, tutte rettilinee. Si fermava così sul confine, che le grandezze rettilinee divide dalle curvilinee, e le quantità finite da quelle separa, che nell'infinito si perdono; e quivi stando lanciava ad un'ora da' due punti opposti, ch'erano i due assurdi, una luce vivissima, che quasi baleno diradava le nebbie, in cui involta si sta ogni grandezza curvilinea. Era, egli è vero, questa luce istantanea, ma splendidissima; gli occhi forte colpiva, ma non li abbagliava; mostrava, non può negarsi, da lungi la misura degli spazj curvilinei, ma così chiara innanzi la parava, come se da vicino e fissamente si fosse riguardata e contemplata. Niuno dei geometri innanzi a lui fermo tenendo il piede tra le quantità finite era mai giunto ad apprezzare le grandezze curvilinee; fu Archimede il primo, che ne scoprì la scala e le misure, e fu da Siracusa, che e queste, e quella ricevette Alessandria regia allora e metropoli della geometria.

Ma questo metodo quanto studio, quanto ingegno non volea per mandarsi ad effetto! L'algebra, che in simboli trasforma i nostri raziocinj, dalle sue formole quasi traducendo va presto a raccogliere ogni verità particolare; ma la geometria sollecita di scorrere da prima ad una ad una le idee, e poi di forte incatenarle, non ostante il metodo, che la guida, è stretta quasi ad ogni passo a durar molto stento e molta fatica. Ogni problema, che dichiara, ed ogni teorema, che ritrova, merita gli onori dell'invenzione, perchè seco porta i travagli dell'inventare. Non si sa quindi, nè si può determinare, se debba più ammirarsi Archimede quando il metodo immagina, nobilita, aggrandisce, o quando il metodo adoprando specola, scopre, dimostra. Dovendo Archimede, secondo i dettami del nuovo metodo, comparare ad una grandezza altre due, delle quali l'una era iscritta, e l'altra circoscritta, fu prima sua cura scegliere tra le figure da iscrivere o circoscrivere le più semplici, perchè più facili a potersi estimare e riferire. Il poligono adatta al circolo, il prisma al cilindro, la piramide al cono, e il poliedro alla sfera. Volgendosi poi alle sferoidi e conoidi non isceglie che cilindri, e dalle conoidi passando alla spirale non d'altro fa uso, che di settori circolari. E queste figure oltre a ciò va egli sì destramente ordinando, e disponendo, che semplice e chiara risultar ne potea la loro stima ed il loro confronto. Era questo l'artifizio, con cui il nostro geometra si spianava la via, che conduce all'invenzione, artifizio comune a tutti i grandi uomini, che riducendo a semplicità, e ordinando i primi passi giungono a scoprire quelle verità, che agli occhi volgari d'ordinario si celano.

Nel circolo, nel cilindro, e nella sfera gli elementi della scienza corsero a lui d'innanzi per rivelargli il valore di quelle grandezze; ma nelle conoidi e nella spirale s'imbattè nel campo delle progressioni, che ingombro era di virgulti e di spine, in cui niuno erasi imbattuto prima di lui. Ma come il suo spirito cresceva di vigore, a misura che crescevano le difficoltà, così franco e libero cominciò a spaziarsi per serie e progressioni. Se mancasse altra prova, potrebbe chiunque restarne persuaso, il modo riguardando, con cui accrebbe la notazione aritmetica de' Greci, ch'era misera allora, e molto limitata.

Si agitava in quel tempo una quistione sul numero de' granelli di sabbia, che sparsi si trovano sopra tutta la terra. Pensavano taluni essere un tal numero infinito. Erano altri d'avviso non potersi, ancorchè finito, esprimere in cifre; giacchè la greca notazione non giungea allora che ai soli centomilioni. Archimede, che solea concedere al suo spirito, che era matematico, ricreazioni del pari matematiche, prese parte a quella controversia, e scrivendo il suo Arenario lo indirizzò al giovane Gelone; giacchè la Corte di Siracusa era in que' dì colta e gentile, e careggiava le arti e le scienze.

Come se quel numero di grani di sabbia fosse stato piccolo per la sua mente, lo aggrandisce oltre misura, e va quel numero cercandone, che capir potea in una sfera, quale è quella del mondo o delle stelle. Allargò così il problema, e questo allargato, immaginò a scioglierlo un sistema, in cui le unità, come avviene nel nostro, van progredendo in una decupla ragione. Il limite, in cui finiva la greca notazione, fu allora principio della novella, perchè le sue unità furono i centomilioni, e le cifre, che questi esprimeano, divennero il primo termine di una progressione, che di mano in mano iva dieci volte crescendo. Cominciò a camminare luogo questa progressione, e riscontrò non molto lontano il numero de' granelli di sabbia, che andava ricercando. Sciolse quindi il problema, ed insieme ampliò la greca numerazione, soddisfece alla fantasia, che si lanciava ne' suoi voli al di là delle cifre aritmetiche, e fondò un sistema novello, che Apollonio ne' tempi d'appresso rese più facile a praticarsi, perchè lo ridusse a maggior semplicità. Ma come il suo spirito rapido e impaziente sdegnava la noja di procedere di termine in termine per la novella progressione, immaginò un artifizio, con cui a suo senno lanciar si potesse da questo a quel termine, saltando gl'intermedj. Nè prima a ciò si rivolse, che immaginò tosto due lemmi, col cui ajuto di lancio e sicuro esprimer potea un termine qualunque della sua progressione . Erano, egli è vero, que' lemmi di semplice speculazione, ma di tal pregio, che richiamati furono alla luce, allorchè da' moderni fu immaginata a pro delle scienze e dei calcoli la bella e utilissima invenzione de' logaritmi.

Uso adunque Archimede a spaziare tra serie non è da maravigliare, se in somma raccolse tutte le progressioni, che nelle sferoidi e nella spirale si presentarono. Le progressioni, che eran da porsi in confronto, eran tre, e con sì fatto ordine disposte, che mostravano quasi la sembianza medesima. Una progressione aritmetica, la cui differenza era eguale al termine più piccolo, rappresentava la figura circoscritta; la medesima progressione scema del termine più grande esprimeva la iscritta, e la terza avea ciascun termine eguale al più grande della prima; ma questa terza o tutta o parte esprimea la figura, che misurava la grandezza curvilinea. A queste tre progressioni corrispondeano tre somme, l'una delle quali dovea invariabilmente risultare maggiore di quella, che figurava la grandezza iscritta, e minore dell'altra, che rappresentava la circoscritta. Si potea accrescere ad arbitrio il numero de' termini di queste progressioni; ma il loro rapporto sempre si manteneva costante, perchè pari passo quelle camminando, lasciavano inalterabile tra le loro somme il rapporto di maggioranza o di minoranza, nel quale il pregio e la sodezza posava del suo ragionare. Questo è l'andamento di Archimede nelle sferoidi, e nelle conoidi, e nella spirale, e così procedendo mostra tutta e chiarissima l'immagine del suo metodo, e ne fa ravvisare la generalità.

Ma queste progressioni non aveano la medesima forma; anzi diverse venivano a risultare, come diverse erano le figure, che misurar si doveano. Nelle conoidi i loro termini rappresentavano cilindri d'altezza eguale, ch'erano proporzionali ai quadrati de' diametri delle loro basi. E come sì fatti diametri erano nello stesso tempo le ordinate alla curva, che avea generato le conoidi, così aveano un valore diverso, come diversa era la curva generatrice. Nella parabola i quadrati delle ordinate sono come le ascisse corrispondenti, che van successivamente della medesima quantità decrescendo; e però nella paraboloide s'imbattè Archimede in una aritmetica progressione. Non così avvenne nella iperbola e nell'ellisse: come nella prima i quadrati delle ordinate sono nella ragione de' rettangoli delle ascisse misurate dai due centri delle iperbole opposte; così ebbe il nostro geometra una serie, i cui termini sono formati da un rettangolo e da un quadrato, o sia una serie, che oggi chiamasi di terzo ordine . Nella seconda poi gli si recarono innanzi i quadrati di un'aritmetica progressione, perchè nella ellisse i quadrati delle ordinate sono come la differenza de' quadrati del semiasse maggiore e dell'ascissa corrispondente presa dal centro . E finalmente un'altra progressione a quella eguale della ellissoide ei rinvenne nella spirale, in cui le figure iscritta e circoscritta sono settori simili di cerchi, i raggi de' quali van decrescendo in una progressione aritmetica. Somma adunque di progressione geometrica, e di progressione aritmetica, somma de' quadrati d'una progressione aritmetica, somma de' termini d'una serie di terzo ordine, furono ad Archimede necessarie alla misura delle grandezze curvilinee, e queste somme, ancorchè impacciate fossero tra linee e figure, tutte egualmente e con egual destrezza egli raccolse colla sola virtù di sua mente e dei principj d'Euclide: anzi altre di più ne avrebbe in somma ridotto, se in altre si fosse imbattuto nel giungere al suo scopo, giacchè il sommar delle serie era mezzo, e non oggetto delle sue ricerche. Niuno degli antichi ebbe il coraggio di seguirlo in questa nobile carriera; furono i moderni che si occuparono di serie, e fu così che Archimede, lasciati gli antichi, si venne a collocare tra i nostri algebristi, i quali pieni di venerazione cessero a lui il primo posto d'onore, e lieti seguirono le sue onorate vestigia. Archimede, dicea Barrow parlando delle progressioni, fu il primo, che schiuse la sorgente, da cui hanno preso origine più e più fiumi, che son venuti ad irrigare i campi ubertosi delle matematiche .

Nè dovrà recarci maraviglia, ch'ei non abbia in somma raccolto delle serie infinite. I moderni sono rifuggiti a tali serie per supplire colla somma di queste o approssimante o esatta all'imperfezione, che seco naturalmente porta il calcolo integrale; ma il nostro geometra non confuse mai le rette colle curve, nè mai recò innanzi quantità o figure, che aumenti o decrementi avevano infinitamente piccoli, o di un numero infinito. Queste idee e queste parole erano allora profane, e sarebbero state proscritte come ingiuriose alla geometria. Era solamente suo scopo mostrare, che la somma della progressione, la quale esprimea la figura rettilinea, era di quella maggiore, che rappresentava la figura iscritta, e dell'altra, minore, che rappresentava la circoscritta, nè curavasi d'altro. Un sì fatto rapporto di maggioranza o minoranza era il segno indubitato per lui, che la figura rettilinea si potea sostituire alla curvilinea, che l'una dell'altra era misura, che l'una all'altra era in sostanza eguale. Nel rapporto quindi delle somme, e non già nel numero finito o indefinito de' termini di ciascuna progressione tutta dimorava la virtù del suo ragionare. Per lo che, se non strinse egli in somma delle serie infinite, non fu per difetto di mezzi, o povertà d'ingegno; ma perchè la geometria di que' tempi lo sdegnava, perchè il suo metodo non lo pativa. Nel quadrare in fatti la parabola, ove s'avvenne Archimede in una serie infinita, corse egli presto a sommarla, ma ne occultò col più maraviglioso artifizio l'idea dell'infinito. Sia, diceva egli, il numero de' termini quale che vi piaccia, se a questo numero aggiungete il terzo dell'ultimo, la somma di tutti i termini sarà sempre quattro terzi del primo. Così scorreva Archimede tra linee e figure geometriche in mezzo a progressioni, ne coglieva la somma, e si aggirava ad ogni passo intorno all'infinito, e sempre l'evitava come avveduto auriga ne' tempi antichi solea scansare la meta.

È questa la ragione, per cui le sue dimostrazioni, che sono sempre sode, allo spesso riescono lunghe. Per evitare ogni inesattezza e conformarsi al rigor geometrico fu costretto nel mostrare l'eguaglianza tra le figure curvilinee e le rettilinee a scegliere un metodo indiretto, e come tale più stentato e men breve; per lo che pochi tra i geometri, e i soli non bene esperti ne' metodi degli antichi han tenuto le dimostrazioni di Archimede per oscure e complicate, e pochissimi i profani, che hanno osato calunniarle di paralogismo . Ma i più valorosi sanno, che la via impresa da lui non potea non esser lunga, e confessano, che i passi dati nel suo dimostrare, sebbene molti, sono tanti, quanti erano necessarj ad arrivar con sodezza e senza alcun contrasto alle gran verità. Però ammirano la sagacità e la forza insieme del suo pensiero nel conformare le sue dimostrazioni, come volea la natura del soggetto, la novità dell'impresa, la condizione de' tempi, e lo stato della greca geometria.

Dopo tanti travagli, o meglio, dopo tante scoverte potè in fine Archimede stabilire la misura delle grandezze curvilinee. Non solamente quadrò la parabola, ma si recò da vicino, e quanto più seppe, alla quadratura del circolo e dell'ellisse. Discoprì oltre a ciò le proprietà della spirale e delle conoidi, misurò le zone sferiche, e determinò il bel rapporto, che lega sfera, cono, e cilindro. Così tutto solo e colla sola guida degli elementi fondò la sublime geometria, ne accrebbe la dignità, e la condusse a grandezza.

Avendo Archimede depositato tante gran verità ne' suoi libri, in cui gran parte del metodo, i mezzi del dimostrare, la misura delle curve, ogni problema, ogni teorema è un'invenzione anzi un gruppo d'invenzioni, è stato egli il maestro di tutte l'età, e la scorta di tutti i geometri. Alla sua scuola si addottrinarono gli antichi, ed i suoi libri sono stati la palestra, in cui al rifiorir delle scienze sudarono e si esercitarono gli atleti, che han riportato nelle matematiche e premj e corone; nè altri mai in alcun tempo, se educato non sarà nella disciplina di questo Licurgo, potrà acquistare quella gagliardìa di mente necessaria a sostenere il travaglio, che seco portano le nobili e severe scienze. De' suoi libri difatto hanno attinto i moderni quelle speculazioni e quei metodi, di cui va lieta e si onora la nostra età. Keplero ingegno ardito ed altissimo collo stesso coraggio, con cui distrusse l'edifizio della greca astronomia, ci svelò il primo l'idea e il nome d'infinito formando un circolo d'infiniti triangoli e un cono d'infinite piramidi. Cavaleri profittò del suo avviso, e sotto la forma degl'indivisibili diede il primo a vedere l'infinito, che nascoso giacea sotto opportuni velami ne' libri del nostro Archimede. Sursero poi le flussioni, e gl'infinitamente piccoli, che al par degl'indivisibili altro non sono che i piccoli solidi di Archimede iscritti e circoscritti a tal picciolezza condotti, che non sono più degni di stima. S'immaginò il metodo de' limiti, ed altro non si fece che tradurre Archimede. Ar chimede in somma hanno i moderni mostrato sotto varie sembianze, e con linguaggio diverso, e ad Archimede sono eziandio rifuggiti per autorizzare i loro metodi e rendergli accettevoli.

Allorchè apparvero i nuovi calcoli e i metodi de' moderni si gridò da ogni parte contro l'oscurità de' loro principj, e l'inesattezza del loro linguaggio; anzi fu comune opinione tra quei, che erano avvezzi al rigor degli antichi, che venissero meno le matematiche venendo meno la loro chiarezza natìa. Tentavano, egli è vero, i più sublimi algebristi di diradare le nebbie, in cui inviluppati si stavano i loro metodi; ma gl'ingegni erano sempre indocili, e liti e contrasti si mossero nella pacifica geometria; per lo che altro scampo non ebbero i fabri de' nuovi calcoli, che rifuggire ad Archimede. Quando l'esercito greco correa alla sommossa, e i Diomedi e gli Atridi veniano tra loro a contesa, era il senno di Nestore, che sedava i tumulti e componea le discordie. Si misero quegl'inventori, non senza grande accorgimento, a dimostrare co' loro ingegni, ch'eran facili e spediti, quelle stesse verità, che il geometra di Siracusa, era gran tempo, avea già scoverto e dimostrato. L'uniformità delle cose trovate fu allora segno della sodezza de' loro calcoli, e la facilità nell'arrivarle, indizio della loro utilità. Rassicurati così gli spiriti dall'autorità di Archimede divennero men ritrosi a' metodi novelli, e intervenendo il nostro geometra non altrimenti che mallevadore autorizzò le invenzioni degli stessi moderni. È stato, egli è vero, l'onor dell'Italia il sommo La Grangia, che ha condotto non ha guari a gran luce i principj de' moderni riducendo il calcolo sublime, proscritte le differenziali, ad algebra di variabili e finite quantità; ma fu per mezzo di Archimede, che durante l'oscurità di quei principj, si vinse la ripugnanza degl'ingegni, e si facilitò la propagazione de' nuovi calcoli.

Dotato adunque, come egli era, di altissimo intendimento, presto nell'inventare, severo nel dimostrare avanzò colle sue scoverte la scienza, e gran vantaggio ha recato alla posterità. Ha egli da più, e più secoli educato gl'ingegni, incoraggiato i timidi, mostrato a tutti le vie da imprendere e le nuove regioni da scoprire, sostenuto i primi e difficili passi de' geometri, e indicato a tutte le nazioni il sacro alloro, le cui frondi, come han cinto la sua fronte, debbono quella onorare de' grandi uomini. Non si possono ricordare i nomi di Fermat e Roberval, di Maurolico e Cavaleri, di Wallis e Barrow, non si può ricordare lo stesso Newton senza fare insieme onorata menzione di Archimede, che tutti gli educò, e quasi gli scorse per mano nel difficile e spinoso cammino delle matematiche. Ne pigli vanto la Sicilia, che lo produsse, giacchè i soli grandi uomini e le loro virtù tornar possono a gloria delle nazioni. Ma così piacesse a Dio, che come ella ne piglia il debito vanto potesse esser madre feconda di nuovi allievi, che avessero il coraggio di emularne il senno geometrico e gli onori, che lo coronano.

Severo e ingegnosissimo fu il metodo immaginato da Archimede per la misura delle curve, ma non è da credere, ch'egli lo abbia adoprato nell'inventare, siccome fece nell'esporre e dimostrare le sue scoverte bellissime: molte proposizioni s'incontrano ne' suoi libri, e una in particolare ve n'ha nell'equilibrio de' piani , che chiaro ci annunziano essere state da lui ritrovate per modi non allora in uso tra i geometri, e quindi nelle forme consuete ordinate e disposte. Nè molta fatica è da sostenere leggendo Archimede per trovare nelle sue dimostrazioni ora una via ed ora un'altra, con cui riggettate alcune piccole differenze senza la lunga serie de' suoi ragionamenti, giunger si possa alla verità de' suoi teoremi. La sua mente oltre a ciò era stata già avvertita nel sommar la progressione, con cui misurò la parabola, che senza andare errato trascurar si poteano alcune piccole quantità. Non è quindi fuor di ogni verosomiglianza il credere, che Archimede men severo inventando che non era dimostrando le cose inventate, fosse tant'oltre progredito iscrivendo, che confuso abbia le figure rettilinee con quelle, che da curva si chiudono. Ma procedendo così arditamente non facea che congetturare, e schizzare, dirò così, nel suo gabinetto le scoverte; il suo spirito poi non mai si acquetava, e in continua sollecitudine era inviluppato sinchè non avesse nella solita forma assodato le cose, che avea abbozzato e veduto colle congetture. Ripigliava allora la più scrupolosa severità, non altro riguardava che i principj della scienza, nè mai si ristava, se prima ogni cosa non avesse con sodezza dimostrato. I teoremi sulle sferoidi, scrivea egli a Dositeo, han tenuto il mio animo per lungo tempo dubbio ed incerto, giacchè dopo di averli esaminato più volte mi parea, che contro i medesimi nuove insorgevano e non poche difficoltà; ma avendoli quindi più attentamente considerato son giunto in fine a trovare quei chiarimenti, che mi erano da prima fuggiti. In questa guisa dava egli a vedere, che due erano i suoi metodi, e due le fatiche del suo ingegno nello specolare, l'una inventando e l'altra dimostrando; vogliono queste due maniere di fatica un ingegno, che ora franco ed ardito nell'invenzione si lancia, ed ora cauto e severo nel dimostrare procede, e questa doppia sembianza del pensiero di Archimede chiara a tutti si mostra ne' libri di lui.

Prepara egli da prima, e con diligenza dispone quelle verità, che vanno di mano in mano stabilendo un teorema principale; ma, queste posate, corre sollecito a trame nuove e recondite illazioni. Cammina da principio a piccioli passi, e cauto e paziente ordisce, incatena, compone, perchè nella evidenza e semplicità delle prime idee la forza è riposta e la sodezza del ragionare; si slancia di poi a gran passi, e libero e sicuro cerca, svolge, disvela le più belle verità, perchè allora in più un sol teorema trasforma, e ragionare in certo modo altro non è che tradurre. Si vede in fine ora un fiume, che lentamente s'ingrossa, ed ora un torrente, che ingrossato velocemente discorre; ma sia che Archimede svolga o componga, spesso adopera la sintesi, talora l'analisi, non mai si allontana dal rigor matematico, e sempre trionfa, perchè sempre discopre.

Nel libro della sfera e del cilindro era suo scopo coglier le misure della superficie e solidità d'una parte, o di tutta la sfera; ma prima guida per mano i geometri, e va loro più e più proposizioni mostrando, alcune delle quali sono grandi in se stesse, ciascuna prepara la via a quella misura, e tutte insieme l'assodano e fiancheggiano. La mente di chi legge va così spiando tutto il cammino, prevede quella misura prima di vederla, e si lusinga di trovarla mentre Archimede gliela presenta e dimostra.

Misurata la sfera, i più utili problemi dichiara, che da quella misura dipendono. Dati due pezzi di una sfera, un terzo ne ritrova, che ad uno di quei due sia simile, ed all'altro eguale nella solidità, come nella superficie; ed ora ad una sfera fa eguale un cono o un cilindro, ed ora i segmenti in tal modo ne taglia, che abbiano questi una proposta o misurata ragione ad un cono o ad un cilindro della medesima base ed altezza. Ritrova in somma, e interpetra nuovi ed ardui problemi a questi adattando, e in modo convenevole trasformando quella misura della sfera, che già aveva estimato e conosciuto, perchè da questa, com'egli dice scrivendo a Dositeo, viene e procede la più parte di quelli problemi .

È cosa maravigliosa a vedersi come ei ne' più difficili e spinosi problemi lieto si avanza quando coll'analisi, quando colla sintesi. Per le vie ingegnose dell'analisi taglia una sfera in due porzioni, le di cui superficie sieno tra loro in qual ragione che si voglia. Per le vie laboriose della sintesi colloca e incastra tutti i rapporti, che possono avere tra loro le solidità di due pezzi ineguali di unica sfera in mezzo a due confini, che sono due potenze o funzioni delle superficie di que' pezzi medesimi. Nè lascia di mostrare, che tra due pezzi sferici il massimo in solidità sia l'emisfero, o pure quello, che a questo più si avvicina. Vince in somma colla sintesi que' problemi, che vincere oggi non senza stento si possono coll'ajuto dell'algebra, e de' massimi, e de' minimi.

E giacchè parlando di Archimede non si può fare a meno di ammirare le forze della sintesi, sarebbe oramai da desiderare,che i docili ingegni de' giovani fossero prima d'ogni altro esercitati nella geometria degli antichi. Darebbe questa una maravigliosa tempra a' loro teneri intendimenti, affinerebbe il loro intelletto, e facendoli più gagliardi e robusti, atti li renderebbe alla carriera delle severe scienze. Gli atleti non si educano nelle mollezze di Sibari e di Capua, ma nelle fatiche del Circo e dello Stadio. L'esercizio più opportuno alle menti de' giovani è certamente la sintesi, che le guida con ordine mirabile, rinvigorisce le loro forze, e mostra tra lo splendor dell'evidenza l'aspetto giocondissimo delle più utili verità. Per buona fortuna l'Italia, che è ricca di allori per li suoi travagli nell'algebra, non ha mai posto in oblìo la geometria degli antichi, e pare, che già si corregga il gusto tornandosi agli antichi geometri anco presso quelle nazioni, che, vestendo la geometria di formole e di equazioni, la spogliarono de' suoi naturali ornamenti, evidenza, e sodezza. Già sono stati pubblicati e tradotti i più famosi tra gli antichi geometri, e già vi ha chi emulando Euclide ha richiamato la geometria all'antica severità. Che se alcuno stimerà questi voti inutili per avventura o esagerati, è da ricordare, che sono quegli appunto, che eccita ed ispira il grande Archimede, il quale non pago delle sue speculazioni sulla sfera e sul cilindro spicca ancor colla sintesi più alto il volo trattando della spirale.

Volgendosi Archimede a questa curva, che porta il suo nome, perchè il primo l'illustrò, ei s'immerse ad un tratto nelle più profonde ricerche: eguaglia una linea retta, che è la suttangente ad un arco, ad una o più circonferenze d'un cerchio; comparando oltre a ciò gli spazj, che sono chiusi tra le spire in aree circolari, tra queste e quelli trova ed insegna costanti i rapporti: mette in fine in confronto gli spazj interposti tra le spire, che in bello ordine si succedono, e scopre, che tutti, eccetto il primo, van pari passo crescendo, e alla legge obbedendo della serie de' numeri naturali. Ma nello investigare queste ed altre simili verità va prima a passi lenti stabilendo i particolari teoremi, e poi in alto levandosi questi presenta sotto una forma più elegante e generale. Eran questi sentieri allora ignoti, e sono anche al presente spinosi per noi, ed egli là si avanzava colla sintesi, dove oggi non hanno il coraggio d'inoltrarsi i moderni senza la guida del calcolo sublime. Che più? fu egli il primo, che vinse il problema allora famoso della quadratura del cerchio, il quale non era stato mai vinto da geometrico artifizio. Frammettendo la circonferenza del circolo tra due poligoni, l'uno iscritto e l'altro circoscritto, il valore ne trasse in parti del diametro per via dell'approssimazione, che suol essere il felice supplemento a' nostri metodi, e talora alla scienza medesima. Conosciuto questo valore, si provvide a' bisogni delle arti e della società; divennero all'istante utili i rapporti, che prima di lui aveano ritrovato i geometri tra i circoli e i corpi rotondi; si ebbe l'unità di misura, con cui estimare le curve e i solidi curvilinei, o la sfera e le sferoidi, il cono e il cilindro: e partendosi in somma di là, ove i suoi antecessori si erano fermati, si avanzò più oltre, e costruì il maestoso ed immortale edifizio della sublime geometria.

Nè è da passare sotto silenzio, che fu così tenace nel fondar, come aveasi proposto, questa grand'opera su' primi elementi della scienza, che trascurò di chiarire que' problemi, che scioglier non potea colla riga, e il compasso, perchè l'ajuto cercavano insieme del circolo, o d'altra curva delle coniche. Ogni volta di fatto, che s'imbatte in simili problemi, che oggi chiamano di terzo grado, si contenta di accennarne con alcuni teoremi la soluzione, o di ridurli a trovare due medie proporzionali, nè passa più oltre: ma per condurre, come fece, a perfezione quest'alto suo pensamento quale dovea essere la gagliardìa del suo ingegno, e quale il suo sentimento nelle cose geometriche? La geometria ove s'inalza alla considerazion delle curve è costretta ad ordire lunghi e non interrotti ragionamenti per trovare quelle verità, che di loro natura sono astruse e lontane; però l'intelletto dell'uomo può a stento incatenare tante idee, multiplici di numero, e varie ne' loro rapporti, e legandole si fatica, vien meno, non di rado s'annoja, e spesso nel cammino si arresta. Ciò nondimeno riuscì Archimede in sì alta impresa, e nel drizzare i suoi ragionamenti così forte li lega, e fil filo connette, che giungono talvolta a travagliare ancora noi, che già belli e spianati li leggiamo ne' suoi scritti. È questo uno de' punti di vista, sotto cui Archimede una mente dà a vedere così destra e robusta, che par voglia oltrepassare i confini d'ordinario prescritti all'umano intelletto.

L'unica arma, che potea a lui porgere la geometria, era quella delle proporzioni, che sulla somiglianza si fondano delle figure. Quest'arma egli impugna, e di questa munito affronta e vince tutti gli ostacoli, che senza posa nel suo cammino rincontra. La sua mente ristretta in sì fatti confini pare che acquistato avesse un vigore novello per la felice combinazione con cui le intreccia, e per la destrezza, con cui le dispone. In mille guise diverse inverte e converte, somma e sottrae, alterna e permuta tutte le ragioni. Queste dispone in più ordini, ed ora i rapporti cerca quando delle loro somme, e quando de' loro prodotti, ed ora i rapporti rintraccia di que' termini, che in varj modi e in varj luoghi fra lor si rispondono: e sempre in ciò fare si mostra così destro e vigoroso, che talora riesce per vie inaspettate al suo scopo, spesso ci fa desiderare un riposo in seguirlo, e sempre maraviglia e venerazione si attira. Le proporzioni in somma erano tanti fili, ch'egli a suo senno intrecciava, e de' quali la gran tela ordiva delle sue dimostrazioni. Barrow non sapendo immaginare, che ingegno mortale avesse potuto a tanto giungere colla virtù del ragionare, è venuto in opinione, che Archimede fosse stato ajutato dall'algebra, che segretamente conoscea, e studiosamente occultava . Tanta è la fatica, tanta è l'intensità del pensiero, l'assiduità dell'attenzione, che dovea durare Archimede col suo intelletto nell'inventare e nel dimostrare le cose discoverte da lui.

Ma senza rifuggire ad ipotesi, che prive sembrano di verosimiglianza e di ragione, è da credere essere state le cose geometriche così familiari al suo spirito, come son pronte a chiunque le parole del linguaggio natìo nel conversare. I suoi occhi trasformavano le cose, ch'esistono, in esseri matematici; la sua immaginazione non tracciava che linee e figure; il suo intelletto, non rivolgea che teoremi geometrici; il suo mondo in somma era tutto matematico. Per lo che la sua mente rivolta in sè stessa, esercitata nelle vie dell'intelletto, versata nelle verità geometriche, di queste e non d'altro prendea senso e diletto: di che venía, ch'egli talora non s'intrattenea delle cose di fuori, e ponea, come vuole Plutarco, non di rado in dimenticanza i bisogni eziandio della vita . Rideranno forse alcuni nel sentire, che Archimede non curava talora di ungere il suo corpo, o che nell'atto che lo ungea per conforto di sua fantasia segnava linee e figure sul suo corpo medesimo. Ma ciò non dee recar maraviglia a chiunque sa, che la mente nostra quanto più si raccoglie in se stessa, tanto più si aliena da' sensi. Coloro, che occupati sono in qualche pensiero più e più volte, e non di rado per inezie, divengono astratti dagli uomini, non veggono, non sentono. Archimede adunque, che contemplava altissime cose, e preso era dalla dolcezza di queste; quanto più si stendea nel pensiero, tanto meno si affaccendava alla cura del corpo. Così e non altrimenti possono gli scienziati dalla terra inalzarsi, pigliare le vie sublimi del cielo, le fame eterne acquistare. Era di fatto l'avidità del sapere, e l'ardore della gloria, che reggea le sue forze, aguzzava il suo intelletto, sostenea la sua attenzione. Nè i suoi desiderj andarono falliti: nome e fama chiarissima ebbe allora presso di tutti, e la posterità, che non suole ingannarsi nella stima degli uomini, che già furono, lo riguarda come chi tra gli antichi, oltre di ogni altro geometra, fu presto e copioso nell'inventare. Sono, egli è vero, famosi i nomi di Euclide e di Apollonio, che ambidue tra' greci alto salirono nelle cose geometriche; ma costoro, sebbene avessero accresciuto la scienza colle proprie speculazioni, pure intenti furono a mettere insieme quelle verità, ch'eran conosciute, e quà e là si trovavan disperse: mostrarono ambidue, in ciò fare, singolare intendimento e perizia delle cose matematiche, e profitto recarono inestimabile agl'ingegni ed alla posterità. Ma occupandosi in parte delle altrui scoverte perdettero un tempo nel ricalcare le vie già calcate da' loro predecessori. Archimede fu il solo, che sdegnò di trattare le cose già trattate, e di là partendosi, dove gli altri si erano ristati, non pensava che ad inventare, e sempre per vie nuove, ardue, spinose verso l'invenzione lanciavasi. Che se alcuno si mostrerà ritroso a concedere tale superiorità al nostro geometra sopra Euclide ed Apollonio, potrà almeno reputare questi tre prestantissimi geometri come i triumviri, che alla repubblica matematica prescriveano leggi e divieti; ma non potrà certamente negare, che Archimede più avanti inoltrandosi, che Euclide ed Apollonio non fecero, nelle miste discipline, l'uno e l'altro abbia lasciato dietro di se, e solo abbia strappato la palma promessa a colui che più scopre e travaglia a pro delle scienze e della società.

Siracusa a parte d'un ottimo principe, che ne reggea con saviezza l'impero, era lieta di un altro dono del Cielo, del grande Archimede, che cooperava coll' ingegno alla gloria e felicità della patria. Traendo ella, come stato marittimo, potenza e dovizia non tanto dalle città, cui dominava, ch'erano assai poche, quanto dalle navi e dal commercio, pensò il nostro geometra di volgere la sua mente a quegli studj, che dirigono le mani dell'artefice nel trattare le macchine, nel costruire le navi, nel migliorare le arti. Prese di fatto a speculare sulle meccaniche, e come le venne contemplando, le tolse dalla rozzezza, in cui esse giaceano, e le condusse a stato e dignità di scienza.

Lo spirito di Archimede facile e destro nell'inventare l'una all'altra speculazione legava, e tutte insieme le connettea nella sua mente. Per lo che volgendosi dalle pure matematiche alle miste discipline la via si mise a ricercare, per cui dagli oggetti geometrici potea la sua mente discendere a quei, che son fisici, e da questi a quelli colla stessa facilità risalire. Un punto trovò in ciascun corpo o sistema di corpi, che tutto in se aduna e raccoglie lo sforzo, che fa la gravità del corpo o del sistema, o sia trovò il centro di gravità. Questo punto, che è comune agli oggetti fisici e matematici, partecipa insieme delle fisiche e matematiche qualità; poichè i corpi, di quale grandezza che fossero, restando pesanti, siccome sono, si riducono per mezzo del loro centro di gravità a soli e semplici punti, ed acquistano, come tali, una sembianza matematica. Le linee poi e le figure geometriche, ove si considerano dotate di gravità, ritengono un sì fatto centro in quello della loro grandezza, e diventano, dirò così, fisiche senza perdere le naturali loro qualità geometriche. Per via adunque del centro di gravità comune agli oggetti fisici e matematici possono le pure discipline riuscir nelle miste, e per mezzo di questo centro passò la mente di Archimede dalla geometria alle meccaniche, che sfornite erano allora di principj, e il conforto esigevano delle sue speculazioni.

Le macchine e gli strumenti, siccome è naturale, furono assai prima inventati, che pensato non si fosse a ridurre in iscienza le meccaniche; perchè gli uomini guidati e sospinti dal bisogno, che è pronto, imperioso, attivissimo, vennero presto a formarsi gli ordigni delle arti: s'inalzarono in fatti i più maestosi edifizj coll'ajuto della leva molto tempo prima, che conosciuto non si fosse come, e perchè questa macchina conforta le nostre forze a movere e innalzare pesi gravissimi. Ma non così presto potè esser creata la scienza, che regola le leggi dell'equilibrio e del movimento de' corpi; poichè gli uomini nell'inventare furono costretti a prender norma dalla ragione, la quale con lentezza procede, incatena a poco a poco le verità, e col tempo produce le sue opere. Ne' libri in fatti di Arislotele si trovano i primi barlumi della meccanica; ma se quivi leggesi tutte le macchine allora in uso potersi ridurre alla leva, e questa alla bilancia, supposizione e sospetto era soltanto, non già fatto e dimostrazione, perchè i principj allora s'ignoravano della meccanica. Archimede fu il primo, che cercò l'equilibrio de' piani per mezzo del centro di gravità, e il primo additò agli uomini il principio, giusta cui una leva non altrimenti che una bilancia si mette e riposa in equilibrio.

Scorre egli da prima le figure geometriche, e la posizione determina del centro di gravità nel paralellogrammo, nel triangolo, nel trapezio rettilineo, e sopra d'ogni altro nell'area d'una parabola, in un trapezio parabolico, in una paraboloide, e vi giunge per tali ingegni, che recano ancora ammirazione e sorpresa. E se non è vero, come alcuni vogliono, che siensi perduti i libri, in cui Archimede facea più distesa parola de' centri di gravità, egli è certo, che di tante figure cercò e rinvenne que' centri, di quante si propose di trovar l'equilibrio. Era questo l'andamento ordinario del suo spirito; scopriva nuove regioni geometriche, e tanto in queste si spaziava, quanto era necessario al suo scopo, nè curavasi d'altro.

Eleva poi a principío generale una verità d'esperienza, cioè che pesi eguali a distanze eguali dal punto d'appoggio si equilibran tra loro; e da questo principio ricava ciò, che non sapeasi, che pesi ineguali a distanze reciproche da quel punto debbono ancor essi restare in equilibrio, perchè allora la leva si riduce anche a bilancia. Giunge egli a dar questo passo quando le grandezze sono incommensurabili per via del metodo generale, che lo avea guidato alle più sublimi scoverte nella geometria delle curve. Ma quando le grandezze sono commensurabili, l'artifizio, che pone in opera, è semplicissimo. Suppone una linea retta divisa in parti eguali, e caricata in ciascuna parte di pesi eguali, che tutti si equilibrano nel punto di mezzo, che è stabile e fisso; o in altri termini una bilancia suppone a braccia eguali. Ritenendo poi stabile il punto di mezzo divide quella linea in due porzioni ineguali, cui un numero corrisponde di pesi parimente ineguale, e rappresenta il numero così maggiore, che minore di questi per lo rispettivo loro centro di gravità, che il mezzo sortisce di ognuna delle due ineguali lunghezze. In tal guisa i pesi sono espressi da' due centri di gravità, e questi sono tra loro nella ragion reciproca delle distanze, o sia senza turbare l'equilibrio la bilancia a braccia eguali a bilancia riduce a braccia ineguali, e questa come quella si tiene in equilibrio, perchè i pesi sono in ragione inversa delle distanze dal punto di appoggio .

Archimede ebbe cura di provare, che due pesi eguali sortivano il centro comune di gravità nel mezzo della linea, che unisce i loro centri. Ma sia che sembrasse a lui cosa evidente, sia che altrove, come è più verisimile, l'avesse dimostrato, trascurò di provare, che l'equilibrio non si turba allorchè due pesi eguali per via del loro comune centro di gravità nel mezzo si uniscono della loro distanza. Niuno sino al secolo decimosesto dubitò della dimostrazione di

Archimede, e furono Stevin e Galileo i primi a pigliarne sospetto; e se Hugenio ne recò un'altra nuova ed ingegnosa, che esente era di quella difficoltà, non parve questa così incontrastabile e soda, che fosse reputata senza replica. Ciò nondimeno niuno può negare, che Archimede fondò la statica, e pose il primo i principj dell'equilibrio riducendo la leva a bilancia.

La leva adunque non fu per Archimede che una linea retta, il punto di appoggio che un punto fisso, e i pesi non altro che punti matematici dotati di gravità, e questa bilancia, la quale altro non avea di fisico che il peso, col mezzo de' centri di gravità divenne per lui tutta geometrica e razionale. Però coll'ajuto di questa bilancia fece Archimede ritorno dalle cose fisiche alle geometriche: cominciò a pesare figure matematiche, e dal modo, con cui queste si equilibrano, andò trovando il rapporto delle loro superficie. Appese ad un braccio della sua bilancia un triangolo rettangolo, che era circoscritto alla parabola, ed all'altro i trapezj iscritti alla medesima curva, e contrappesandoli mostrò, che un terzo di quel triangolo della somma di questi è sempre maggiore. Levati i trapezj iscritti, sostituì a questi nel medesimo braccio i circoscritti, e bilanciandoli del pari indicò, che il terzo di quel triangolo de' trapezj circoscritti riesce costantemente minore. Pesò in fine sulla medesima bilancia quel triangolo e la parabola, e trovò, che un terzo di quello viene a questa eguale esattamente. In tale modo per via dell'equilibrio e de' principj meccanici, o sia per un cammino tutto nuovo ed inaspettato arrivò a quadrar la parabola, ch'era intento a misurare, col metodo geometrico e comune della iscrizione. Ma quante invenzioni egli non fece per discoprire il principio semplicissimo della statica! Trovò il centro di gravità; lo vide non che tra i corpi, ma negli esseri ancora geometrici; lo rinvenne in molte figure, ed in quelle eziandio, che vogliono gran magistero, come nella parabola, nel trapezio parabolico, in una paraboloide; ridusse co' centri di gravità la leva a bilancia; stabilì in fine il principio generale dell'equilibrio, ed applicò la statica alla stessa intellettuale geometria. Gli antichi presi di maraviglia ristettero a cementare il principio dell'equilibrio recato per la prima volta da Archimede, e lo mostrarono al più nelle macchine, ch'erano in uso tra loro, nè seppero più innanzi procedere. Si ebbe ad aspettare il secolo decimosesto per potersi aggrandire la statica, allorchè surse il gran Galileo, che colle celerità virtuali, e per mezzo del paralellogrammo delle forze la nobilitò, e sospinse gl'ingegni a scorrer più oltre in questa nobilissima scienza.

Dall'equilibrio de' corpi salì Archimede per la via de' centri di gravità alle cose geometriche, e da queste tornò per la medesima via alle cose fisiche cercando l'equilibrio de' fluidi. Pigliò, come egli solea, una verità di esperienza, e l'innalzò a principio generale; perchè sapea fecondare i nudi e semplici fatti, e cavar da' medesimi que' teoremi, che fondare e illustrare possono una scienza. La natura dei fluidi, dice egli, è così fatta, che, tra le sue particelle, le meno premute sono dalle altre discacciate, che sono premute di più. Ogni parte del fluido, egli soggiunge, è premuta sempre da quella colonna, che di sopra le risponde verticalmente. Pone in somma una perfetta eguaglianza di pressione, affinchè una massa fluida, e ciascuna sua parte si tenesse in equilibrio. Colla guida di questo principio comprese col suo intelletto, che la superficie d'un fluido pesante, che stassi in equilibrio, deve essere sferica e non già piana, come ci mostra la testimonianza fallace de' sensi; perchè le particelle fluide portandosi lungo la verticale verso il centro della terra debbono disporsi in isfera, acciocchè vadano lungo i raggi verticalmente al centro della medesima terra; e però sferica, non già piana dimostrò l'immensa superficie del mare. Dopo di che va i solidi immergendo nei fluidi pesanti. Un solido, dice egli, immerso in un fluido perde del peso, e questa perdita è al peso eguale del fluido, ch'esclude immergendosi. Difatto eguali volumi di corpi più pesanti del fluido, in cui s'immergono, perdono parti eguali del loro peso: egli il dimostra in un suo teorema, e più corollarj ne cava, che sono tutti bellissimi. Se un corpo ha un peso eguale a quello del fluido, in cui si tuffa, in quel punto ristà ove s'immerge; e se un corpo pesa più del fluido, ch'esclude immergendosi, cala questo a poco a poco colla differenza del peso, e al fondo si va a riposare. Che se specificamente più leggiero è del fluido, è allora sospinto all'insù dall'eccesso del peso del fluido medesimo, ed emergendo alla superficie si mette a galleggiare. Tutte queste verità, che ritraeva Archimede non già coll'esperienza, ma col suo ragionare, eran corollarj del principio già posto dell'equilibrio: con tutte queste verità creava ei l'idrostatica, e con queste potè iscoprire al Re Gerone l'inganno d'un artefice, il quale avea posto dell'argento in una corona, che dovea essere tutta oro.

Avendo lasciato scritto Proclo Licio, che Archimede senza guastar la corona trovò quanto era il peso dell'oro, e quanto quello del l'argento, che l'artefice aveavi per frode mescolato; molti tra gli antichi e tra i moderni han cercato di speculare, come il nostro geometra fosse pervenuto a discoprirlo. Vitruvio ci riferisce, che Archimede potè ciò indagare per mezzo delle diverse porzioni d'acqua, che uscivan fuori di un vaso egualmente pieno, allorchè ad una ad una immerse prima la corona, e poi due masse, una tutta d'oro, e l'altra tutta d'argento, eguali in peso e tra loro, e a quello della corona. Ma sebbene Vitruvio ci dica avere Archimede scoverto in questa guisa, che nella corona vi avea dell'argento; pure non ci avverte, che ne determinò precisamente la quantità. Questa per altro si dovea ricavare dal rapporto, nel quale erano tra loro le diverse porzioni di acqua uscite fuori del vaso, che non si possono bene e con esattezza misurare. Però altrimenti che Vitruvio dichiara questo fatto Prisciano, o altri che fosse l'autore del libro de' pesi e delle misure. È egli di avviso, che il nostro geometra mettendo in equilibrio nell'aria due libbre, una d'oro e l'altra d'argento, nell'acqua dipoi l'abbia immerso; e come si rompea così l'equilibrio, perchè l'oro perde meno del peso, e più l'argento, aggiunse alla libbra d'argento tanto di questo metallo, quanto tornate fossero ad equilibrarsi quelle due libbre stando nell'acqua. Mise quindi in equilibrio sopra la bilancia la corona e una massa d'argento, e poi nell'acqua tuffolle. Sapeva egli per la prova già fatta quanto argento doveva aggiungere a quella massa per restituir l'equilibrio tra questa e la corona nel caso, che fosse stata tutta oro, così ben presto si accorse del furto; poichè quanto meno di quel metallo dovette aggiungere, tanto più grande era stata la frode.

Ma tutti questi saggi, e tutte queste prove di esperienza non sono ad altri parute degne di Archimede, nè dell'andamento del suo spirito, ch'era tutto intellettuale. Per lo che hanno alcuni creduto potersi ricavare il modo, che tenne Archimede nello sciogliere quel problema da ciò, che posti nell'acqua corpi di volume eguale, eguale viene a risultare la perdita del loro peso. Altro adunque non ebbe a fare il nostro geometra, che tuffare nell'acqua due verghe, una d'oro e l'altra di argento in tal modo formate, che ciascuna di queste per dea lo stesso peso, che facea nell'acqua la corona; dopo di che pesò questa nell'aria, e le due verghe, e dal rapporto, in cui si tenea l'eccesso del peso dell'oro su quello della corona all'eccesso del peso della corona su quello dell'argento, argomentò le quantità precise de' due metalli, ch'erano stati in quella corona mescolati. Ma tutte queste soluzioni suppongono, che la corona non contenea che due soli metalli, oro ed argento, e non altri; se l'artefice in luogo di due avesse mescolato tre metalli, la corona avrebbe potuto risultare sempre dello stesso peso, e il problema venire indeterminato e di più soluzioni capace. Ma quale si fosse stato l'artificio posto in opera da Archimede, egli è certo per la concorde testimonianza degli autori, ch'ei giunse con gran sagacità a chiarire un sì fatto problema: anzi Gerone, i Siracusani, e tutti gli antichi furono così colpiti di stupore nel sentirne la soluzione, che gli scrittori ne hanno accompagnato ed ornato il racconto col maraviglioso. Ci hanno essi lasciato scritto, che stando Archimede dentro il bagno nel punto, che colse il chiarimento di quel problema, ne fu sì lieto e fuor di se, che uscito dall'acqua nudo se n'andò verso casa gridando a chiara ed alta voce: Ho ritrovato, ho ritrovato. Non è credibile, che lo spirito di Archimede esercitato in ogni maniera di speculazione, e presto, e già uso all'inventare abbia sì alto levato le maraviglie per una pura e semplice applicazione de' principj idrostatici a quel problema, che, vinto ogni decoro, fosse nudo e gridando corso per le vie di Siracusa. Questo racconto in luogo di esprimere la sorpresa e l'allegrezza di Archimede, altro non ci può indicare, che la maraviglia e lo stupore di quelli, i quali ignorando i princjpj dell'idrostatica non sapeano persuadersi in qual modo, e con quale argomento fosse egli venuto a scoprire, senza guastar la corona, il furto, che era stato fatto dall'artefice. Quando Archimede disse a Gerone: Datemi un punto, ed io solleverò la terra, fu certamente Gerone, che n'ebbe maraviglia, non già Archimede, il quale altro non facea, ch'esprimere il principio e la teorica della leva. Così e non altrimenti avvenne per l'interpetrazione del problema della corona. Fu Gerone, ch'esclamò di voler credere tutto ciò, che potea dire Archimede, furono tutti quei che ignoravano i principj dell'idrostatica, che levaron su le maraviglie, e trasportando in Archimede il proprio stupore, inventarono il bagno, la nudità, le grida. Se dovea sentirsi il petto pieno di allegrezza fu certamente allorchè gli venne fatto di trovare l'equilibrio de' galleggianti, e la loro stabilità idrostatica per la novità, per l'utile, e per l'importanza di tale scoverta; e pure non fa altro, che porne i varj teoremi con indifferenza nel secondo libro, ch'ei scrisse su' corpi, che sono trasportati in un fluido.

Alla teorica de' galleggianti levando su l'animo trasse dall'esperienza un principio novello dicendo: Ogni fluido, che sospinge all'insù, lo fa lungo la verticale, che passa per lo centro di gravità del corpo sospinto. Alla vista di tal principio si conobbe immantinente, che il peso d'un galleggiante trovandosi raccolto nel suo centro di gravità viene ad esser distrutto dalla spinta del fluido all'insù, e dall'azione di queste due forze, che sono eguali e contrarie, ne risulta l'equilibrio; ma come la sua mente non vedea ne' galleggianti che navi, e volea provvedere al vantaggio della navigazione, così andò investigando come, e perchè, e in quali circostanze un sì fatto equilibrio potea avere stabilità. Inclinò col pensiero l'asse dei galleggianti per determinar con esattezza, e colla guida de' suoi principj, quando quelli inclinati per avventura ristanno, quando ripigliano la diritta loro posizione, o pure si capovolgono e rovesciano. A parte del centro di gravità di tutto il galleggiante ne distinse altri due, l'uno della parte immersa nel fluido, l'altro della emersa, e poi si mise a considerare l'azione di ciascuno di questi due centri, e in che modo possono tra loro operare. Il centro di gravità della parte sommersa, dicea egli, è sospinto all'insù lungo la verticale del fluido sottoposto, e quello dell'emersa tende all'ingiù lungo la verticale in forza della sua gravità. Or quella spinta operando da una parte all'insù, e la gravità dall'altra parte all'ingiù, ambidue queste forze si bilanciano sul centro di gravità di tutto il galleggiante, e questo a poco a poco è costretto a ripigliare la sua diritta posizione. Una bilancia, cui è stato dato il tracollo, certamente si rimette, se spinto all'insù il braccio che piega, l'altro per la gravità si porta al basso. Si conobbe così la stabilità idrostatica, e furono per la prima volta palesi i principj da' quali dipende.

Allorchè la posizione del galleggiante è diritta, sono que' tre centri disposti in unica verticale all'orizzonte, e se il galleggiante s'inclina, i tre centri si allontanano, e in tre diverse perpendicolari si collocano; ma se i due centri della parte immersa ed emersa bilanciandosi sul terzo centro operano in direzioni opposte, il galleggiante ritorna alla diritta sua posizione. Può solamente restare inclinato, senza ritornare o capovolgersi, quando la spinta del fluido incontra nella direzione della verticale il centro di gravità del corpo, che sta a galla, e distruggendo tutta la sua gravità lo mantiene in equilibrio. Sono queste le leggi, che regolano la stabilità de' galleggianti, e le medesime sono state con gran sollecitudine richiamate in luce, e dichiarate da' moderni, i quali al più l'hanno vestito di algebriche equazioni, o pure le han reso più facili colla dottrina del metacentro, come ha fatto il Bouguer; ma esprimendo sotto forme diverse i principj istessi, che furono per la prima volta pubblicati da Archimede, nulla vi hanno aggiunto, nè rimane loro per avventura di che gloriarsi sopra di lui. E se i moderni alla stabilità dei corpi, che stanno quieti a galla in un fluido quieto, hanno quella aggiunto de' galleggianti nell'atto che sono sospinti da più potenze, come son le navi agitate dal vento in un mare gonfio e commosso, è da ricordare, che sì fatta stabilità idrodinamica sulla idrostatica di Archimede si fonda, e da questa prende interamente norma e ragione. Sempre, egli è vero, che dalla disposizione di que' tre centri, e dalla maniera, con cui essi operano, dipende la stabilità dell'equilibrio delle navi, e il loro ritorno alla diritta posizione, o il loro rovesciare.

Ma non potea Archimede star coll'animo in questi principj generali senza che ne avesse dimostrato la verità ne' casi particolari. I galleggianti d'innanzi a' suoi occhi, ch'eran matematici, non eran che figure geometriche, e di queste andò cercando coll'ajuto de' suoi principj la stabilità idrostatica. La prima figura, ch'ei recò innanzi, come la più facile, fu la sezione di una sfera, che comunque inclinata si dispone sempre in tal modo, che la sua base sia orizzontale. Mostrò in questa figura, che costante era la posizione de' tre centri, che ne rendono stabile l'equilibrio, e subito si rivolse a que' solidi, che formati sono dalla rivoluzione della parabola. Ma come prima di entrare nelle sue ricerche, ch'eran sempre profonde, si apparecchiava la via riducendo a semplicità, così considerò la superficie de' fluidi pesanti non più come sferica, ma come piana, affinchè da un piano, che la taglia, risultar ne potesse una linea retta. Le circostanze poi necessarie, ch'erano da considerarsi in sì fatte investigazioni, si riferivano prima d'ogni altro alle specifiche gravità del fluido e della paraboloide, e queste egli espresse in una forma semplice, elegante, e tutta geometrica. Poichè le gravità specifiche seguendo la ragione inversa de' volumi, e questi la diretta de' quadrati delle loro dimensioni omologhe, furono da lui rappresentate da' quadrati de' due assi, uno di tutta la paraboloide, e l'altro della sua parte immersa nel fluido. Anzi per non introdurre forme varie e diverse nelle quantità, rapportò l'asse della paraboloide al parametro della curva generatrice; espresse l'asse della parte immersa per la differenza tra l'asse della paraboloide e una funzione del parametro, e l'asse della parte emersa indicò per la differenza de' primi due assi; di modo che per mezzo del parametro si conosceva il valore degli assi, de' volumi, delle specifiche gravità. Incatenava così le condizioni del problema ad una rotta, che tanto signoreggia nella parabola, affinchè svolgere più facilmente potesse la stabilità d'un solido, che è stato generato da una curva parabolica.

Fu questo l'andamento dello spirito di Archimede nello spianarsi la via a quella nuova ed astrusa ricerca, che dovea per la prima volta i principj fondare della stabilità dei galleggianti. Comincia egli di fatto ad allungare colla mente l'asse della paraboloide, ma le varie lunghezze di questo ad altro non riferisce che al parametro. E come, allungato l'asse viene a farsi meno la stabilità, perchè il centro di gravità di tutta la paraboloide s'innalza; così pensò di supplire a tale difetto per via del rapporto tra le specifiche gravità del fluido e del galleggiante. Poichè quanto più cresce questo rapporto, tanto più cresce la stabilità idrostatica, e all'inverso viene questa a menomare, quanto più quel rapporto decresce. Mancando in somma da una parte la stabilità per l'allungamento dell'asse, e crescendo dall'altra pel rapporto delle specifiche gravità, fermo si tenea l'equilibrio, e saldo e stabile il galleggiante. Per lo che piglia da principio l'asse non più di tre quarti del parametro, e poi dimostra, che la paraboloide, quale si fosse il rapporto della sua specifica gravità, sempre riprende la sua diritta posizione. Allunga più l'asse, e tra due funzioni lo racchiude del parametro medesimo, e pronto va quindi a definire in quali limiti si debba tenere quel rapporto affinchè il galleggiante rovesciar non possa; e così ne va successivamente allungando l'asse, e segnando in proporzione il rapporto delle specifiche gravità, che è necessario all'equilibrio stabile della paraboloide.

Alta e ingegnosa è tra queste considerazioni quella, che l'angolo determina, sotto cui il galleggiante ristà senza capovolgere o raddrizzarsi; poichè, sebbene sfornito del favore dell'algebra e della trigonometria, costruisce egli un triangolo rettangolo, in cui trovasi quello con tal magistero ed eleganza, che il problema sembra esser dichiarato co' calcoli de' moderni. Ma sia che determini quest'angolo, sia che allunghi l'asse e ricerchi il rapporto delle specifiche gravità, sempre procede con tale franchezza, che tutte le sue proposizioni suppongono e racchiudono de' massimi e de' minimi. I primi allungamenti dell'asse hanno per massimo tre quarti del parametro, ed i secondi vogliono questa funzione per minimo, e l'altra di quindici ottavi del parametro per massimo. Se poi degli angoli trattasi d'inclinazione, che fanno stabilità, determina egli tra questi i massimi ed i minimi di quei, che l'asse della paraboloide può coll'orizzonte formare: e così di mano in mano gli venne fatto di stabilire tutte le posizioni, che piglia la paraboloide secondo i diversi rapporti dell'asse al parametro, e quelli delle specifiche gravità del fluido, e di quel solido, che galleggia. Giunsero, egli è vero, questi libri a noi così monchi e sformati, che alcuni credettero opera degna di pregio di mutarne o supplirne in più luoghi le dimostrazioni; ma ciò non ostante sono sì profonde le ricerche di Archimede, e restano sì nette, e sì belle le sue dimostrazioni di alcuni teoremi, che questi libri si tengono come il resto più rado e prezioso dell'antica dottrina intorno alle miste discipline. Niuno dopo Archimede seppe e potè rivolger la mente a sì nobili speculazioni, ed Eulero fu il primo, che dopo tanti secoli estese coll'ajuto de' calcoli le ricerche di Archimede ad ogni altra figura geometrica, ed a' solidi, che molto s'avvicinano alla forma de' vascelli. Ma altro è dar principio, altro dare accrescimento ad una scienza; ed è ben diverso l'inventarla colla geometria dall'avanzarla col calcolo. Ciò non dimeno Archimede ed Eulero si uniscono a mostrare i vantaggi, che cavar può la costruzione delle navi dalle loro teoriche e geometriche investigazioni; poichè quest'arte tanto necessaria al commercio si è ridotta negli ultimi tempi del secolo passato a grandezza, e a stato di scienza.

Mentre Archimede impiegava le matematiche a vantaggio delle fisiche discipline, e fondava con gran senno la meccanica, si occupava ancora dell'astronomia, e lasciava l'impronta del suo ingegno, che era maraviglioso, sopra questa scienza, che per difetto e inesattezza di strumenti, e per mancanza di osservazioni era allora presso i Greci bambina. Annunziava egli apertamente il moto della terra, l'immensa distanza delle stelle da noi, tutta l'orbita della terra in riguardo a sì fatta distanza non doversi riputare che un punto; dichiarava in somma al figliuolo di Gerone il sistema del mondo alla maniera di Aristarco da Samo: e ciò facea tanto più franco, quanto in Siracusa non eran da temersi de' Cleanti . Pitagora e i Pitagorici avean da gran tempo pubblicato in Sicilia il vero sistema del mondo; Petrone d'Imera avea già recato innanzi l'opinione della pluralità de' mondi; Empedocle avea celebrato ne' suoi poemi il moto della terra; Iceta avea manifestato la rotazione del nostro pianeta intorno al proprio asse, il moto in somma della terra, e il vero sistema del mondo era una dottrina quasi popolare in Sicilia. Ma altri sono i titoli, che onorano la memoria del nostro Archimede, e al rango di astronomo con ragione l'inalzano.

Sebbene si fosse perduto il trattato di lui sulla solidità della terra; pure ci vien riferito, che prese prima il nostro Archimede a misurare i gradi del meridiano, che era tra Syene compreso e Lisimachia, e poi ne cavò la circonferenza della terra , che gli astronomi in que' dì sopra ogni altro, e con gran fatica indagavano. E se ad alcuno parrà dubbia per avventura questa sua fatica sulla misura del nostro globo, egli è certo, che immaginò una maniera tutta nuova ed ingegnosa per misurare, come di fatto misurò, il diametro apparente del sole. Colse questo astro nel momento, che spunta sull'orizzonte, perchè allora men ricco di luce apparisce, e più facilmente si può da noi riguardare. Mise poi un lungo regolo in una posizione perfettamente piana ed orizzontale, e sopra questo regolo collocò un cilindro ben rotondato, che dolcemente sul medesimo regolo si potea avanzare, e ritirare. Diede così principio alle sue osservazioni, e guardando da una estremità del regolo allontanò a poco a poco in tal modo il cilindro, che gli nascondesse interamente il sole. A questa prima osservazione aggiunse la seconda. Allontanò di più dolcemente il cilindro, e lo fermò quando si cominciavano appena a vedere dall'una e dall'altra parte del cilindro medesimo i raggi che venivano dal lembo del sole. Dalla prima osservazione ne ricavò il più grande, e dalla seconda il più piccolo diametro, e dentro a questi due limiti ne strinse, e ritrovò la misura. Ma nel ridurre ad effetto tali osservazioni teneasi il diametro della pupilla come un punto, ove il vertice era collocato d'un triangolo isoscele, i cui lati erano tangenti al cilindro. Vide egli questo errore, e sagace come era, corse tosto a farne la debita correzione.

Prese due cilindretti eguali di un diametro assai piccolo, e de' quali uno era bianco, e l'altro colorato. Portò questo in contatto dell'occhio, e cominciò ad allontanare il bianco, che era posto dietro; se così guardando vedea o tutto o parte del cilindretto bianco, il diametro de' cilindretti era minore di quello della pupilla, e quando giungea a nasconderlo quasi tutto, avea un segno, che i diametri della pupilla e de' cilindretti erano eguali. Tentando in somma, e dopo varie prove ebbe il diametro della pupilla, potè stabilire sul regolo il vertice del triangolo, ne descrisse i lati conducendo le tangenti, e ne conobbe per base il diametro apparente del sole. Non vi ha dubbio, che questo metodo non era esattissimo, e stringea a far delle operazioni, che si chiamano grafiche; ma ciò nondimeno è da reputarsi ingegnoso, e suppliva, quanto più si poteva, al difetto degli strumenti in un tempo, in cui ancora nata non era la trigonometria. Non vi ha dubbio, che l'argomento da lui recato per misurare il diametro della pupilla non era esatto, perchè quel diametro cresce o manca secondo che la luce è più o meno densa, è più o meno viva; ma ciò non ostante col metodo, e cogli artifizj di Archimede ricavar si potè il diametro apparente del sole in una misura, che molto si avvicina a quella stabilita dalle osservazioni de' moderni, racchiudendo l'angolo, sotto cui si vede quel diametro tra la 200ma e la 164ma parte d'un angolo retto.

Non solo intese alla misura del diametro del sole, ma si affaccendò assai per osservare e calcolare la durata dell'apparente rivoluzione di questo astro. Poichè ritraendo gli astronomi dal movimento del sole la lunghezza dell'anno, riferivano a questa, come unità, il tempo, che impiegano i pianeti a descrivere le loro orbite. Essendo adunque di molta importanza nello studio del Cielo il determinare la durata di tale rivoluzione, Ipparco, che fu il fondatore dell'antica astronomia, ne prese gran pensiero, e molto vi si affaticò. Or questo grande astronomo nel ricavare la lunghezza dell'anno da' solstizj ricorda con lode il nome e le osservazioni di Archimede. In quanto a' solstizj, dice egli presso Tolomeo, spero che Archimede ed io non ci siamo ingannati sino ad un quarto di giorno tanto nelle osservazioni, quanto nel calcolo . Chi potrà dunque negare ad Archimede il rango e il titolo di astronomo, quando Ipparco reca le osservazioni di lui, e di egual pregio le stima che le sue? Chi sa quante altre osservazioni furono da Archimede dirizzate, che noi ignoriamo, perchè smarrite per l'ingiuria de' tempi sono cadute interamente in oblío? Ma se poteronsi forse porre in dimenticanza le sue osservazioni, chiara è restata la memoria della sua bella e maravigliosa invenzione del planetario, che è stata in ogni tempo celebrata da' poeti e ricordata dagli storici.

Altercasi tra gli eruditi sulla materia, di cui era composta tale macchina, e sulla forza, che la mettea in movimento. Sono alcuni di parere, che fosse di vetro, ed altri di rame, e vi sono ancora di quei, che parte di rame, parte di vetro costrutta la suppongono. Molti del pari, e molto varj sono stati i pareri intorno all'artifizio, che la movea. Chi vuole per forza di pesi, e chi di aria, secondo alcuni, condensata, e secondo altri, rarefatta: questi afferma per mezzo dell'acqua, quegli per mezzo di molla, nè mancan di quei, che l'attribuiscono a forza magnetica. Ma costoro tutti disputeranno sempre senza conchiudere; poichè non è venuta sino a noi la minuta descrizione, che lasciò Archimede di questa macchina, e i poeti, che ne hanno fatto qualche cenno, trasportati come sono dalla fantasia, e forzati talvolta dal metro, non sogliono esser tenaci della verità; e oltre a ciò nel descriverla non si accordan tra loro, e sono di svariati sentimenti. Due sono le cose, che si possono come certe raccogliere in mezzo alla varietà di tante opinioni: la prima ella è, che non fu Archimede l'inventor della sfera, perchè secondo piace a Plinio, e a molti tra gli antichi, furono altri che l'immaginarono prima di lui. Ma Archimede, ed è questa la seconda, imitò nella sfera i movimenti del sole, e della luna, e del cielo stellato, e giusta la testimonianza degli antichi , le rivoluzioni de' pianeti allora conosciuti. È poi da credere, che Archimede gli abbia posti in giro secondo i lor moti medj per quanto allora si erano osservati, e si poteano grossolanamente stabilire; giacchè Cicerone prende gran maraviglia del giro de' pianeti in questa macchina, nè mancaron di quegli, i quali colpiti, più che d'altro, forse dall'equabile conversione che aveavi degli astri, osarono dire, che la natura era stata vinta con quell'artifizio dall'ingegno di Archimede . Tutte queste maraviglie chiaro dimostrano, che con mirabile e straordinario lavorío era congegnata quella sfera, e adatta ad effigiare gli astri e i loro moti, forse non altrimenti che oggi si fa nei nostri planetarj. Nè pare che si possa ciò richiamare in dubbio ove dalla sublimità delle sue teoriche speculazioni si volga la mente all'altra virtù del suo ingegno, che era quella d'immaginare e comporre delle macchine.

Lo spirito umano nello studio e nella invenzione delle scienze con lentezza da principio procede, e poi vago di alti concetti in mul tiplici investigazioni s'immerge, e in un mondo quasi intellettuale si spazia; ma come quelle a stato di perfezione ha condotto, par che si ricordi degli uomini, e scendendo dall'alto delle sue speculazioni, va queste recando a vantaggio della società. Le matematiche e le meccaniche, la fisica e la chimica, che già da gran tempo sono in onore tra le scienze, son quelle, che al presente diriggono le mani degli artefici, e prestano loro nuove macchine e nuovi strumenti, prendon cura della vita e sanità dell'uomo, promuovono la ricchezza delle nazioni. Ma lo spirito umano per correre tutta questa carriera ha bisogno di più secoli, di più uomini, d'ingegni diversi; perchè cominciare, progredire, speculare, rivolgere le cose speculate a bene della società, ogni passo in somma, che si suole nel corso delle scienze segnare, suppone diverse doti di spirito, gradi diversi di forza nell'intelletto, diversi gradi di vivacità nell'immaginazione. Chi ha la destrezza di cogliere in mezzo alla multiplicità e varietà de' fenomeni un fatto, che fonda una scienza, non è dotato di quella assidua attenzione necessaria a cavare le illazioni, che ampliano la scienza medesima; chi s'inalza alle sublimi speculazioni non sa scendere a farne delle utili applicazioni, e talora avviene, che colui, il quale è destinato a spianare, o pure a volgere a pubblico bene i principj delle scienze, deve ozioso aspettare, che coloro, i quali vanno speculando, compiuta la carriera, ritornino da' loro voli. Archimede è il primo de' pochi così tra gli antichi come tra i moderni, che solo trascorse lo spazio, che dallo spirito umano suole fornirsi in più secoli da più uomini. Grande ed inventore fu sì nelle pure che nelle miste discipline, e grande ed inventore nel costruir delle macchine a benefizio della società. Dovea la sua immaginazione dipingere come in una tela e linee e figure geometriche, e metterle e ritenerle in un continuo movimento, affinchè si potessero con facilità tra lor comparare. Nel dipingere quelle linee era essa vivace, nel moverle instancabile, e nel presentarle al suo intendimento priva era di quello impeto e furore, con cui corre ne' poeti e dipintori, i quali piuttosto di leggiadria vanno in traccia che di severità. L'intelletto intanto colla sua vista, ch'era acutissima, dovea leggere i varj rapporti tra quelle figure, cogliere le loro eguaglianze, queste incatenare, e fil filo connettere raziocinj a raziocinj, scoprire nuove verità, esprimerle sotto una forma generale, e creare de' metodi, che sono quelli, i quali mutano lo stato della scienza, ne accelerano i progressi, e sono fecondi delle più utili scoverte. Nelle miste discipline dipoi erano da spogliarsi prima i corpi delle multiplici loro qualità, e, ritenutene alcune, eran quelli da trasformarsi in esseri matematici. Doveano considerarsi i corpi come dotati soltanto di gravità, e ridursi a puri e semplici punti, che operavano lungo la verticale. Era allora uffizio della sua immaginazione di presentare i corpi sotto questa forma nuova ed astratta all'intelletto, e questo poi rimescolandoli e riferendoli agli oggetti matematici ne scopriva i rapporti, e ne determinava le leggi. La sua bilancia nelle meccaniche era un essere matematico, e alla medesima appendea con indifferenza e corpi e figure geometriche, e librava gli uni colle altre. Se quindi la mente umana voglia rivolgersi alla invenzion delle macchine, le linee e le figure matematiche debbono vestirsi delle qualità de' corpi, e rendersi materiali, e la loro vista, che era da prima semplicissima, diventa complicata per gli ostacoli, che s'incontrano a cagione della varia tessitura, e diversa composizione de' corpi, de' quali debbono costruirsi le macchine; per lo che non di rado avviene, che teoreticamente vere ed attive diventano queste praticamente inoperose e immaginarie. Ora in Archimede l'intelletto creava de' principj, e questi dava per guida alla sua fantasia, che spiegava forza novella nella costruzion delle macchine. Ella diligente, industre, ingegnosa componea allora, adattava, e mettea insieme con tale facilità ed artifizio, che parea non inventare, ma palesare, e mostrare delle cose già fatte ed inventate. Rimasero attoniti Gerone e i Siracusani allorchè Archimede, coll'ajuto dell'asse nella ruota da lui immaginato, e di più pulegge, traeva in mare comodamente delle navi, che a grande stento, e non senza gran confusione da gran numero d'uomini si poteano tirare. Nè minore fu la sorpresa degli Egizj allorchè egli inventò la chiocciola o per diseccare, come vuole Diodoro, terreni paludosi, o per inalzare in alcuni luoghi, come altri pretendono, l'acqua del Nilo, e con questa inaffiare e fecondare i campi . L'acqua, che di sua natura tende al basso, in quella macchina discendea, e discendendo si avanzava in altezza. La sua immaginazione ne cavò il modello dalla geometria, perchè prese una linea retta inclinata all'orizzonte, cui un'altra era avvolta in varie spire. Questo concetto, che era tutto geometrico, fu da Archimede condotto a realtà e, dirò così, materializzato. La linea retta inclinata diventò un cilindro, che per via di un manubrio si potea facilmente mettere in giro, e venne la spirale trasformata in un canalino di rame o di altro metallo, per cui l'acqua entrava, e iva discorrendo. In questa guisa si gira il cilindro, e l'acqua, obbedendo alla gravità, cade nella spira più bassa, e di mano in mano cadendo passa di spira in spira, e s'inalza.

Ma questa invenzione, che parve a Galileo maravigliosa, prese origine dalla sua profonda geometria, e fu recata a perfezione dalla sua felice attitudine alle cose meccaniche. Bisogna persuaderci una volta, che qualunque sia la disposizione, che hanno gli uomini alla costruzione delle macchine, se la loro mente non è rischiarata dalla scienza, e guidata dai principj, potran forse giungere a comprendere e ad imitar delle macchine, ma non già esserne mai fabri, e grandi inventori. Per la scienza de' principj Ramsden migliorava ogni strumento, che pigliava a lavorare, e per questo Vaucanson ha levato chiarissimo il suo nome tra i meccanici.

Se Archimede non avesse inventato che la sfera, l'asse nella ruota, la chiocciola, avrebbe potuto con giusta ragione riportar laude di celebre meccanico; ma altre, e in più copia, e di maggior momento furono le macchine ingegnose da lui immaginate in vantaggio della società. Io non parlo di quei macchinamenti, che alcuni attribuiscono ad Archimede, e forse di Archimede non sono; non parlo d'un organo idraulico a lui attribuito, che per mezzo dell'acqua mandava suoni armoniosi , nè della scitala, che era uno strumento da scrivere in cifre, nè d'altri strumenti opportuni alla chirurgia, che da Galeno si danno per invenzione di Archimede. Mi guarderei certamente di attribuire a questo grande uomo una lode, che fosse dubbia, e non propria di lui. Quaranta, secondo riferisce Pappo, furono le invenzioni del nostro geometra negli strumenti meccanici, e l'ultima era diretta ad inalzare con una forza un peso qualunque. Quante macchine non dovette congegnare il genio fecondissimo di lui nel soddisfare e risolvere questo solo problema? Pappo che lo rapporta, ed Erone che lo comenta, ne dicono delle maraviglie, e l'uno e l'altro riguardano Archimede come il padre della meccanica, e come l'unico, che abbracciava i rami tutti di questa scienza, non solo per la teorica, che avea dichiarato, ma ancor per la pratica, a cagione di tanti e tanti belli macchinamenti, che avea egli insegnato a costruire.

Ma io non so nè voglio più dilungarmi sopra un argomento, che Archimede non istimava degno della sua gloria. Riputava egli un non niente le sue invenzioni meccaniche, indegne le credea del suo intendimento, e niun pensiero si prese di descriverle. Però alcune non senza pregiudizio delle arti affatto non si conoscono, e di altre, essendone passato a noi il solo nome, s'ignora l'ingegno ed il costrutto. Era comune opinione in que' tempi presso i filosofi, che la mente umana si contaminava pigliando a considerare, e a trattare cose terrestri e materiali. Archimede oltre a ciò versato come era nelle cose geometriche, e puramente intellettuali, e preso dalla loro grandezza e sodezza sdegnava, al dir di Plutarco, di pigliar vanto nel comporre macchine, come di cosa bassa, vile, e mercenaria, e ch'egli tenea per giuochi della sua geometria, cui di quando in quando si rivolgea o per suo particolar sollazzo o per condiscendere alle istanze di Gerone. Ma se egli ebbe a vile di lasciar descritte alla posterità le sue invenzioni meccaniche, perchè indegne le riputava della sua gloria e del suo nome, non era poi così severo e ritroso d'animo, che i suoi talenti impiegar non volesse in vantaggio della società, e più d'ogni altro della patria, come chiaro si può rilevare dalla difesa, che sostenne per mezzo de' suoi ingegni contro la potenza Romana, che venne ad assaltare la bella Siracusa. Calamitose, difficili erano in quella stagione le circostanze politiche di Siracusa. Due grandi potenze Roma e Cartagine si disputavano il primato dell'impero, e la Sicilia era il campo delle loro battaglie, e il premio insieme della loro vittoria; per lo che tutta l'isola dovea cadere in preda del vincitore; e se erasi salvato dal pericolo insino allora il piccolo reame di Siracusa, era ciò avvenuto per la saviezza di Gerone, che era stato generoso, e fedelissimo alleato de' Romani. Ma dopo le vittorie di Annibale in Italia, e la morte di Gerone, turbate essendo le cose pubbliche in Siracusa, si allontanò questa città dall'amicizia de' Romani, e Marco Marcello da Console, e Appio Claudio da Pretore vennero ad assaltarla per terra e per mare. Archimede non avea preso parte ai tumulti di Siracusa, nè a' consigli ambiziosi de' parenti del morto Gerone, non avea favorito il partito de' Cartaginesi, e solo e nelle sue meditazioni solamente occupato si era tenuto in mezzo alle pubbliche turbazioni. Ciò nondimeno non parve a lui tempo di starsi in silenzio e neghittoso, quando la patria era già in pericolo. Ebro dell'antichità, grandezza, e splendore di Siracusa, pieno avea il petto di quel santo orgoglio, che eleva l'animo, ed è la radice d'ogni civile virtù. Ricordava, che Siracusa avea e ajutato e battuto la Grecia, e ajutato e sconfitto i Cartaginesi, e soccorso più volte, e non avea guari ristorato dalle loro disgrazie quegli stessi Romani, che in quel punto le venivano incontro ad osteggiare. Ma sopra d'ogni altro non sapea, nè potea tollerare un animo Siracusano, un animo allevato e nutrito dal sentimento nobilissimo della gloria, che la sua patria caduta fosse mancipio di un popolo straniero, ancorchè questo fosse il popolo Romano. Però Archimede, sospinto dall'amor della patria, abbandona il suo ritiro, e sebben pieno di anni si mette alla testa de' suoi concittadini, dirige le loro operazioni militari, e ricco come era di senno difende ostinatamente Siracusa.

Era tanta la fiducia, che ponea Marcello nel numero e valore de' suoi soldati, nella copia degli ordigni militari, e nell'abilità degl'ingegneri Romani, che espugnar Siracusa il travaglio pareagli di pochi giorni. Non ricordava egli, che la catapulta era stata inventata in Siracusa, e di quante e quali armi l'aveano munita e Dionisio il vecchio, e il prode Agatocle. Non sapea che nel regno dell'ultimo Gerone molte e molte macchine militari erano state fabbricate, migliorate, e rese più formidabili dal nostro geometra, ignorava in somma, che Siracusa possedeva ancora Archimede, e il suo divino ingegno, che solo bastava a far vani tutti gli sforzi di Roma. Però venne Marcello con impeto all'assalto così dalla parte di terra che di mare, e sebbene più e più volte il tentasse, e con soldati che pieni erano di coraggio, e voleano lavare la macchia della giornata di Canne; pure fu sempre vittoriosamente respinto dai Siracusani. Le baliste lanciavano nembi di dardi contro i Romani quando erano distanti dalle mura, e se questi coperti de' loro scudi si sforzavano d'accostarsi, le catapulte moveano una pioggia di pietre contro di loro; che se non ostante i dardi e le pietre, ostinati si avanzavano verso le mura, trovavano aperte delle spesse feritoje, da cui con piccole baliste eran feriti e tormentati. Nè i colpi evitavano delle catapulte; perciocchè queste delle pietre lanciavano, che quasi a perpendicolo cadevano dall'alto sulle loro teste. Non meno infelice era l'assalto di mare. Allorchè i Romani tentavano d'inalzare le loro sambuche per iscalare le torri e le muraglie di Acradina, si scagliavano da' Siracusani con gran violenza delle masse enormi di pietra o di piombo, che quelle scale rompevano e rovesciavano; e quel, che più danno e pregiudizio arrecava alle navi romane, erano le mani di ferro, che dalle mura erano diritte alle prore di quelle per aggrapparle, e ghermitele, in alto in sì fatto modo le tiravano, che le navi, alzata la prora, poggiavano sulla poppa; e come erano in tale termine, rilasciavano i Siracusani a un tratto le catene, e le navi con furia piombando si fracassavan tra loro, o contro li scogli, o pure affondavano in mare, e si perdeano. So bene, che queste mani di ferro, e le catapulte, e le baliste vi erano prima di Archimede; ma fu costui, che co' suoi ingegni atte le fece ad operare da lontano, e da vicino, ad essere maneggiate con gran facilità, a movere ogni maniera di pesi. E sopra d'ogni altro fu Archimede, che in quell'assedio le dirigea, le adattava, le facea servire con gran danno de' nemici, con gran vantaggio de' Siracusani. Però i Romani restavano attoniti dalle maraviglie, che operavano gli ordigni militari di Siracusa, e perciò Marcello deridea i suoi ingegneri, che nulla sapeano opporre alle invenzioni di quel geometra, che egli chiamava Briareo. Tanta era la quantità prodigiosa de' dardi,che si lanciavano in un sol tratto da' Siracusani. Ma qual maraviglia non ebbe a prender Marcello, s'egli è vero, che le navi romane furono allora bruciate dagli specchi del nostro Archimede?

Leggendo i pezzi, che ci restano di Anthemio di Tralles, e i racconti dello Tzetze, e dello Zonara, egli è certo, che lo specchio di Archimede era un segmento di una conoide parabolica composto di più specchi piani a sei lati, che si poteano movere in ogni senso, ed era situato perpendicolare al piano dell'equatore, affinchè potesse destare la fiamma in tutto il tempo che il sole ristava sopra l'orizzonte, siccome è stato già dimostrato , e brugiare un oggetto qualunque così da lontano come da vicino. Non vi ha quindi alcun dubbio, che lo specchio inventato da Archimede era così bene congegnato, che potea con facilità mettere in fiamme le navi romane. Che poi abbia in realtà cagionato a Marcello un sì fatto guasto, si può innanzi recare la testimonianza di molti storici, che lo affermano. Tzetze, e Zonara, che ebbero la fortuna di poter leggere non poche opere degli antichi autori, che a noi mancano, ci assicurano, che Dione e Diodoro, Erone e Pappo, e tutti quei che scrissero tra gli antichi di meccanica, convengono nel rapportare, che Archimede nell'assedio di Siracusa brugiò le navi romane. Luciano poi, e Galeno apertamente lo attestano, e Anthemio dice essere stata questa una comune opinione nel sesto secolo. Ma a tutte queste autorità, che non sono di lieve momento, si suole contro opporre il silenzio di Polibio, Livio, e Plutarco: costoro scrissero di proposito dell'assedio di Siracusa, e nulla omisero di ciò, che potea tornare o ad ornamento de' loro discorsi, o pure a laude di Archimede. Nondimeno niun motto essi fecero di quello specchio, e dell'incendio di quelle navi. L'artifizio sarebbe stato, e così nuovo, e così maraviglioso, che non par cosa credibile, ch'essendo quell'incendio accaduto, l'avessero passato sotto silenzio, e un fatto trascurato, che doveano magnificar colle parole. Ma tolto ogni altro argomento, egli è certo, che se il silenzio di questi tre storici rende dubbio l'incendio delle navi romane, l'autorità di tanti altri stabilisce per certa l'invenzione, che fatto avea Archimede di uno specchio ustorio composto di più specchi piani, che sarebbe stato attissimo a brugiarle. E se il nostro geometra avea già prima immaginato questo specchio, siccome è verosimile avendo riguardo all'età di Archimede quando Siracusa fu assediata per mare da' Romani, non si può capire come non l'avesse adoprato a pro della sua patria contro le navi nemiche. Forse Polibio non riputando quello specchio un ordigno militare lo tacque; forse i Romani presi di timore nel vedere la luce raccolta da quello specchio sulle loro navi, pronti furono ad allontanarsi per campare il pericolo, e così fu solamente tentato, e non ebbe luogo l'incendio. Chechè ne sia, tale e sì grande fu il terrore, che eccitò Archimede negli animi de' Romani co' nuovi ingegni, che Marcello, tolto l'assedio, si mise a bloccare semplicemente Siracusa, e fu dopo tre anni che la prese, non già a viva forza, ma per tradimento.

Giunto il nostro discorso a questo termine, si turba l'animo e la mente nel pensare, che uno de' più grandi uomini della terra, l'onore delle scienze, Archimede cadde trafitto in mezzo alle sue pacifiche occupazioni dal ferro d'un soldato romano: ci conforta solamente, che se fosse sopravvissuto alle calamità della sua patria, avrebbe potuto Marcello a Roma condurre lui già vecchio come ornamento della sua ovazione, insieme colle macchine militari, le statue, i quadri e tutte le altre spoglie della nobile e ricca Siracusa. Che se quel Console non avesse tanto osato, non vi è dubbio, che Archimede sarebbe stato in tal modo trafitto dal dolore alla vista de' tempj, delle case, del tesoro spogliati e manomessi; alla vista sopra di ogni altro della servitù propria e della patria, che avrebbe preferito per certo la morte. Nè credasi, che un tal dolore sarebbe stato in lui esagerato. Ci ricordi, che i Siracusani piangenti e scarmigliati presentarono le loro doglianze al Senato Romano contro Marcello per lo spoglio e la servitù di Siracusa ; ci ricordi, che da quel punto cadendo la Sicilia dalla sua grandezza e dal suo splendore divenne un magazzino della Repubblica, e la scala de' Romani per passare nell'Africa; ci ricordi in fine, che da quel tempo la storia per lunghissimo tratto non parlò più della Sicilia, o ne parlò soltanto per gli furti ad essa fatti da' Pretori di Roma , o per le guerre non già d'uomini liberi, ma di schiavi . Tanti mali produce lo stato di provincia, la soggezione a un popolo straniero!

Marcello, intesa la morte di Archimede, n'ebbe dolore, e cercando de' parenti prese cura, che il di lui corpo fosse onorevolmente sepolto. Si ergea sopra il sepolcro una colonnetta, in cui scolpita vedeasi la sfera iscritta al cilindro, e verso la base leggevasi un epigramma, in cui il rapporto notavasi, che passa tra quelle figure. Era stato ciò fatto dagli amici, e dai parenti, perchè Archimede negli ultimi anni della sua vita aveva raccomandato a costoro, che da quelle due figure, e dal loro rapporto fosse stato il suo sepolcro contrassegnato. Per lo che pare, che tra le sue invenzioni quella, che riguarda la sfera e il cilindro, avesse egli riputata di pregio più degna; ma non comprendesi a prima vista, come avesse egli potuto venire in tale opinione. Nuova ed ingegnosa fu la maniera, colla quale avea quadrato la parabola, e questa egli pubblicò, come si legge in una sua lettera a Dositeo, prima che le cose avesse in luce recato sulla sfera e sul cilindro. Profonde e sagacissime furono le sue ricerche sulla spirale; perchè dunque a quella ed a queste, ed alle altre sue invenzioni, che tanto onore gli hanno recato presso i moderni, preferì la sfera iscritta al cilindro? Le ragioni di questa preferenza non sono da indagarsi, per quanto a me pare, nella qualità o nel pregio dei suoi ritrovamenti, che sono tutti bellissimi, ma nella condizione de' tempi, che sogliono regolare il più delle volte i nostri giudizj. Erano in quei dì intenti sopra ogni altro i geometri alla misura de' corpi regolari da loro conosciuti, e questo argomento facea la parte più ardua insieme ed eminente della loro geometria. Aveano essi trovato la ragione tra la piramide e il prisma, tra il cono e il cilindro, e nulla sapeasi della sfera, che tra i solidi riputavasi allora il più grande e perfetto. Quando adunque Archimede misurò la sfera ed ogni sua sezione, quando stabilì il rapporto, con cui si lega e riferisce al cilindro, accrebbe non solo gli elementi di Euclide, che erano allora in sommo onore; ma aggrandì la geometria di quella parte, che si credea la più difficile, e più si desiderava, che fosse aggrandita. In ammirazione si ebbe quindi a levare la scuola di Alessandria per questa scoverta, che a perfezione recava la teorica dei corpi regolari, ed ebbe in alto a venire il nome e la fama di Archimede; giacchè gli uomini sogliono più grandi concedere gli onori per quegli argomenti, che di maggior pregio si tengono. Però Archimede tenero come era della sua gloria volle il suo sepolcro adornare di quella invenzione, che era più comunemente conosciuta, parlava agli occhi di tutti, a più fama l'aveva inalzato, e più facilmente potea perpetuare presso la posterità il suo nome e l'altezza del suo sapere geometrico. Aggiungevasi a ciò, che avea egli fatto questa scoverta collo iscrivere e circoscrivere, o sia collo stesso metodo, col quale era alle altre pervenuto, e che nel misurare le conoidi e le sferoidi avea riferito questi solidi al pari della sfera al cilindro. Sicchè nella sfera iscritta al cilindro il filo si accennava, che lo avea condotto a tutte le sue invenzioni, e la misura in particolare si ricordava, che egli avea investigato delle conoidi e sferoidi. Gli era poi grandemente a cuore, e pago assai mostravasi, come egli dovea, del bel rapporto, che lega sfera e cilindro, perciocchè quella è a questo tanto in superficie, quanto in solidità nella ragione di due a tre, che è semplicissima, e che unisce i due rapporti della solidità e superficie della sfera, solido che allora il più perfetto si riputava. È infine da ricordare che Archimede avea inviato a Conone tutti i teoremi e problemi sulla sfera e sul cilindro privi delle dimostrazioni, e senza altro chiarimento. Questo catalogo, che, morto Conone, restò presso Dositeo, era noto a tutti in Alessandria, ed era una specie d'invito a' geometri ad occuparsi di sì fatte ricerche. Ma tra questi problemi ve ne erano alcuni falsi, o impossibili; per lo che coloro, che si rivolgeano ad interpetrarli, si doveano accorgere della loro falsità. Scorsero intanto molti anni dopo la morte di Conone senza che Archimede avesse pubblicato le dimostrazioni di que' teoremi, e la soluzione di quelli problemi, per dare tempo a coloro, che versati erano nelle matematiche, a ritrovarli; ma siccome niuno ne mandava fuori il chiarimento, anzi molti si davano il vanto di averli tutti scoverto, senza dimostrarli; così Archimede affermò, che mentivano, perchè ostentavano di aver trovato cogli altri le soluzioni di quei problemi, che erano falsi o impossibili a risolversi, e mandò per mezzo di Eraclide all'amico

Dositeo le sue dimostrazioni sulla sfera e sul cilindro . Con questi ritrovati adunque avea conculcato l'orgoglio di alcuni, mostrato l'insufficienza di tutti i geometri della sua età, ed assicurato la sua superiorità ed eccellenza nelle cose geometriche. Riconoscea quindi in quelle due figure il simbolo del suo trionfo, e colle medesime appendea, per dir così, le spoglie de' vinti al suo sepolcro.

Queste ragioni poterono, a mio credere, determinare il nostro Archimede a volere sulla sua tomba scolpita la sfera col cilindro. Ma non avea egli bisogno di tanta sollecitudine per assicurare al suo nome gloria e immortalità. Dotato essendo in sì larga copia d'intelligenza, avendo con questa inventato scienze novelle, e di molto avanzato quelle, che già erano, dovea il suo nome colle scienze venire alla posterità, e insieme colle scienze, che il cielo non voglia, potrà solamente perire. Fu egli, che lo stato riguardando, in cui era la geometria, vide il punto, verso cui era dirizzata, gli sforzi, che avea ella fatto per arrivarlo, gli ostacoli, che ne l'aveano impedito, e all'iscrivere aggiungendo il circoscrivere immaginò un metodo novello, colla cui guida la condusse dove bramava di giungere senza guastare la sua sodezza, usando de' suoi stessi principj, e conservandole i naturali suoi pregi, evidenza, e severità. Grande in fatto, ma inutile fatica aveano sino allora durato i geometri per misurare la superficie del cerchio e dell'ellisse, ed Archimede iscrivendo e circoscrivendo l'una e l'altra, quanto meglio si potea, riduce per la prima volta a conosciute misure. Anzi di ciò non pago si avanza a quadrar la parabola, e spingendosi ancora più in là va gli spazj apprezzando, che dalla spirale si chiudono, le proprietà di questa curva, che ancora non era stata contemplata da' geometri, innanzi recando. Si affaticava del pari la geometria intorno a' corpi regolari, e pochi rapporti conoscea tra la piramide e il prisma, tra il cono e il cilindro. Di ciò si accorge Archimede, e pronto misura la superficie e la solidità della sfera tutta, e di ogni sua sezione, i più belli rapporti ci manifesta tra la sfera, il cilindro, ed il cono. Queste sue invenzioni, che bastavano sole a render chiarissimo presso la posterità qualunque geometra, non appagarono del tutto Archimede, il quale va altri solidi immaginando, che dalla rivoluzione si nascono delle curve coniche, e sulle conoidi e sferoidi nuove e inaspettate verità c'insegna, e nuovi addita e mirabili rapporti tra quelle conoidi, e i coni, e i cilindri. Ma in tutte queste speculazioni, che onorano l'umano intendimento, il metodo riluce e l'andamento del suo spirito, che coll'ajuto de' soli e semplici elementi della scienza, e questi in mille guise combinando scopre nuovi campi di geometriche ricerche, e tanto lungi procede, che di una mente ci sembra a quella degli uomini superiore. Non possono fare a meno gli stessi moderni, che tanto rumore levano colle loro formole, di guardarlo con ammirazione allorchè tra le linee e le figure geometriche avviluppate ci mostra le progressioni ed i numeri. L'aritmetica notazione de' Greci, ch'era povera e limitata, amplia ne' libri a Zeusippo, e meglio distende nell'Arenario, le progressioni quando aritmetiche, quando geometriche, ora de' quadrati di queste, e ora di terzo ordine il primo in somma mirabilmente riduce.

Ma che più? Si avanza in altre nuove regioni di matematico sapere cercando i centri di gravità, e da queste regioni discende per un sentiero tutto geometrico alle cose fisiche. I principj svolge e palesa, su cui fondasi l'equilibrio de' solidi e quello de' fluidi, o pure dei corpi, che in questi galleggiano. Dichiara così la teorica della leva, e delle macchine allora in uso; dà a vedere perchè i corpi, i quali si tengono a galla quando sono inclinati, ristanno o rovesciano, o pure la diritta loro posizione ripigliano: specula in somma scienze novelle, e crea le meccaniche. Nè perciò lascia di coltivare la scienza del cielo. Misura il raggio della terra, e il diametro apparente del sole, osserva i punti de' solstizj, e i moti de' corpi celesti in piccola sfera riduce e presenta. Quante fatiche! Quante scoverte da un sol uomo! Come potrà per vecchiezza la gloria marcire del suo nome! Da' suoi libri sono stati educati i moderni, ne' suoi metodi i germi si trovano de' novelli calcoli, dietro la sua guida avanzati e spaziati si sono i nostri matematici ne' campi da lui per la prima volta additati al saper geometrico. Lui ricorda la leva e ogni altra potenza meccanica, lui i corpi, che a' fluidi soprastanno, e da' suoi dettami prende ragione la costruzione de' vascelli, e la loro stabilità sul mare. La stessa astronomia lui ricorda nel calcolo delle comete, e nel problema di Keplero, perchè in quello della quadratura si giova della parabola, e in questo del rapporto, che corre tra la superficie dell'ellisse, e quella del cerchio circoscritto, che sono ambidue invenzioni di Archimede. E se la sua gloria è venuta tanto più in fiore, quanto più sono le scienze a grandezza salite, andrà di mano in mano più chiara la sua fama sonando, quanto più lo spirito umano si recherà a perfezione, e le scienze fatte più comuni e volgari in maggior pregio saranno ne' tempi avvenire.

Non si potrebbe dire di più se d'altri che di Archimede si dovesse tener parola, e pure ci resta ancora a mostrarlo pronto, come egli fu, nell'inventar macchine ed ordigni in favor delle arti, e del viver civile; immaginò egli la chiocciola, la puleggia mobile, l'asse nella ruota, e tanti altri begli ed utilissimi macchinamenti, che furono con istupore riguardati dalla sua età, e da lui come cose materiali tenuti tanto a vile, che ebbe a sdegno il descriverli. Pare che la natura abbia riunito in un sol uomo varie ragioni d'ingegni, e quelle in particolare, che quà e là di quando in quando ci mostra e produce. Non ci recherà quindi maraviglia, se il solo Archimede difende Siracusa, se colle sue invenzioni respinge Marcello e le truppe di costui, se per terra e per mare arresta il volo delle aquile romane. Tanto egli è vero, che la scienza e l'ingegno vale talora più delle armi e degli armati. Ma questo uomo, Siciliani, fu nostro, nacque sul nostro suolo, visse sotto questo cielo. La prima volta che mi avvicinai a Siracusa, mi balzava il cuore nel petto ricordando che questa terra famosa per tante vetuste memorie era stata calcata da Archimede, guardando il mare ed il porto, in cui erano state atterrite e respinte le navi romane, e sulle sponde dell'Anapo mirando il papiro, pianta che avea le foglie apprestato, sulle quali aveva scritto Archimede. Saranno dunque vane per noi tante gloriose ricordanze? Sarà dunque vana per noi la memoria di un uomo, che è stato ornamento e decoro non che di Sicilia, ma della terra? Imitiamone le virtù, gli studj, occupandoci con assiduità delle severe scienze, onore e delizia dell'umano intelletto, mostriamo, che gl'ingegni siciliani non sono ancora spenti, e che nella bella Trinacria, la quale è stata sempre ferace di valenti uomini, possono anche ora nascere degli Archimedi.